FSC

www.fsc.org

MIX

Papier aus ver-
antwortungsvollen
Quellen
Paper from
responsible sources

FSC® C105338

AF138655

Danke

… an meine Mama, die mir vor vielen, vielen Jahren
die Grundsätze schönen Schreibens vermittelt hat.

… an meine lieben Probeleser Gero und Rahel,
die mir gute Hinweise gegeben haben.

… an Ines für ihre weisen Worte.

… an Marco für seinen Optimismus, wertvollen Rat,
Motivation und große Hilfe.

… an meinen lieben Mann, der all meine verrückten Träume
und Pläne unterstützt.

* * *

Kerstin Feuersänger

Die dritte Tochter

Märchenhafter Roman

Bibliografische Information der Deutschen Nationalbibliothek

Die Deutsche Nationalbibliothek verzeichnet diese Publikation
in der Deutschen Nationalbibliografie; detaillierte bibliografische
Daten sind im Internet über www.dnb.de abrufbar.

© 2014 Kerstin Feuersänger
Umschlaggestaltung: Marco Nöchel, Kerstin Feuersänger
Titelfotos: Archery (http://de.fotolia.com/id/24426708),
Fleur de Lis (http://de.fotolia.com/id/64196358)
Herstellung und Verlag: BoD – Books on Demand, Norderstedt
ISBN 978-3-7357-3844-8

Die dritte Tochter

Prolog

Der Tag, an dem meine Mutter starb, war der letzte des Sommers. Ich war sechzehn Jahre alt, und während die Trauer das ganze Haus füllte und mich zu ersticken drohte, lief ich in den Wald und fragte mich, warum Mutter mich nicht einfach mit sich genommen hatte.

Sie war lange krank gewesen, und niemand hatte ihr helfen können. Tag für Tag hatte ich an ihrem Bett verbracht, auch nachdem alle Ärzte sie aufgegeben hatten. Vater hatte sich regelmäßig mit Branntwein getröstet, und die Mägde schlichen auf Zehenspitzen um ihn herum, wie auch um Mutter. Gedämpfte Stimmen und vorsichtiges Auftreten, zugezogene Vorhänge und stickige Luft – nicht etwa im Krankenzimmer, sondern dort, wo mein Vater sich aufhielt; meistens in seinem Arbeitszimmer, das ich als Kind selten hatte betreten dürfen und das für mich jetzt ein Ort des absoluten Tabus war.

Das Zimmer meiner Mutter hingegen war freundlich und hell. Wir hatten das Bett so gerichtet, dass sie aus dem Fenster in den sommerlichen Garten blicken konnte, wo sich die Bäume sanft im Wind wiegten und die Sonne am frühen Abend vergnügte Flecken auf das Gras malte. Oft saß ich dort und träumte, während ich ihre Hand hielt oder ihr ein kühles Tuch auf die Stirn drückte. Gegen Ende sprach sie überhaupt nicht mehr, sah mich kaum noch an, hatte stattdessen immer den

Blick auf das Fenster gerichtet. Ich sprach mit ihr, hin und wieder; erzählte ihr von meinem Tag, von den Jungen, die die Katze schon wieder geworfen oder von den Kaninchen, die ich geschossen hatte. Sie blickte auf das Fenster, blinzelte hin und wieder, und als sie irgendwann nicht mehr blinzelte, als es draußen dunkel wurde, weil der Himmel sich für ein Gewitter zuzog, als es draußen blitzte und donnerte und sie trotzdem nicht blinzelte, als ich schließlich gar nichts mehr von ihr vernahm, nicht einmal den leisesten Atem – da wusste ich, dass sie fortgegangen war. Dass sie mich verlassen hatte, dass es ihr dort, wo sie hingegangen war, zwar besser ging, aber dass ich alleine zurückbleiben musste. Ich schrie nicht und ich weinte nicht, sondern ich drückte ihr die Augen zu und stand auf, mühsam nur, denn die maßlose Leere in meinem Herzen schien mich durch ihr Gewicht zu Boden zu drücken. Ich stand auf, verließ meinen Platz neben ihrem Bett zum letzten Mal und sagte der Kammerzofe draußen, dass Mutter von uns gegangen war. Schließlich trat ich müde vor die Tür meines Vaters' Arbeitszimmer.

„Vater", sagte ich zu dem dunklen, mit Schnitzereien verzierten Holz. Keine Antwort.

„Vater", sagte ich wieder. „Mutter ist tot."

Ich wartete. Wartete drei Atemzüge, vier, fünf. Aus dem Zimmer kam kein Laut. Erst als ich die Hand auf die Klinke legte und eintreten wollte, erklang ein mürrisches „Geh!" Fast hätte ich seine Stimme nicht erkannt, sie war heiser und leblos. Ich ging und rannte in den Wald. Und erst dort weinte ich.

Einer der Knechte hatte schließlich die Weitsicht, den Bruder meines Vaters zu verständigen, der eine Tagesreise von unserem Gut entfernt lebte. Während ich mich so gut ich konnte um den Haushalt kümmerte und dafür sorgte, dass der Leichnam meiner Mutter gewaschen und gesalbt wurde, brachte mein Onkel meinen Vater dazu, dem Alkohol zu entsagen und aus seiner Höhle hervorzukommen. Als das Totenmahl auszurichten war, schien mir Vater schon fast wieder so, wie ich ihn gekannt hatte: zupackend und beherrscht. Nur seine Fröhlichkeit fehlte ihm, aber die fehlte auch mir, darum wunderte ich mich nicht darüber.

Er fand sie jedoch nie wieder.

Was er fand, war eine neue Frau. Der König hatte ihm nach einer höflichen Wartezeit von einigen Monaten nahegelegt, wieder zu heiraten, und Vater kannte von seinen zahlreichen Reisen eine reiche Kaufmannswitwe mit zwei Töchtern, die ungefähr in meinem Alter waren. Diese drei Frauen holte er sich ins Haus, und das Unglück, das in meinen Augen mit Mutters Tod seinen Höhepunkt erreicht hatte, begann, sich ins Unermessliche zu steigern.

1

„Was für ein hübsches Kind!", rief die zukünftige Dame Loretta von Hohenhain aus und kam mit gespieltem Entzücken auf mich zu. Sie nahm eine meiner dunklen Locken in die Hand, ließ sie jedoch gleich wieder achtlos fallen, während sie sich zu meinem Vater umdrehte. „Wie heißt sie denn? Und wie alt ist sie?"

„Sechzehn", sagten mein Vater und ich gleichzeitig, und ich ballte die Fäuste. Ich war kein Kind mehr. Und diese Frau behandelte mich außerdem so, als wäre ich nur eine Puppe!

„Und ich heiße Carlotta", fügte ich hinzu und starrte böse den Rücken der Frau an, die mich um eine Handbreit überragte und die übermorgen zu meiner Stiefmutter werden würde.

Sie drehte sich wieder zu mir um, drapierte ein honigsüßes Lächeln auf ihren Lippen, das allerdings nicht bis zu ihren Augen reichte, und kam wieder auf mich zu. „Carlotta, was für ein schöner Name! Da müssen wir dir für die Hochzeit auch etwas Schönes anziehen. Maria und Sophia haben so viele schöne Kleider, da ist bestimmt etwas darunter, das ihnen nicht mehr passt."

Ich starrte sie ungläubig an, blickte dann Hilfe suchend zu meinem Vater, der gerade inbrünstig ein Stäubchen vom Kaminsims wischte, und zwang mich zur Ruhe. „Ich habe selber einige Kleider. Habt jedoch vielen Dank für das Angebot."

Wir waren nicht die Reichsten, das wusste ich. Unsere Ländereien waren nicht groß, es waren außerdem Unsummen für weit gereiste Ärzte und unwirksame Heiltränke für meine sterbende Mutter aufgewandt worden, und zwei schlechte Ernten hatten ihr Übriges getan. Ich hatte nur wenige schöne Gewänder, die meisten meiner Kleider waren aus groben Stoffen, Leinen oder Leder, und das war gut so, denn andernfalls hätte ich sie mir bei meinen häufigen Ausflügen in Wald und Felder unweigerlich zerrissen. Die Witwe, die bald die Frau meines Vaters sein würde, war deutlich bemittelter als wir, doch anders als uns fehlten ihr die guten Beziehungen zum Königshaus, auf die mein Vater so stolz war. So profitierten beide von dieser Ehe: Mein Vater holte sich Geld und eine schöne Frau ins Haus, und die zukünftige Dame, ehemals Frau eines wohlhabenden Kaufmanns, bekam endlich den ersehnten Adelstitel.

„Deine Kleider werde ich mir mal ansehen müssen", sagte sie ohne Interesse und wandte sich ab, und ich war insgeheim verärgert, dass ich statt meines schlichten aber ordentlichen Hauskleides nicht die Sachen trug, die ich zum Jagen anlegte: enge Hosen, in schlammbespritzte Stiefel gesteckt, am Oberkörper über einem leinenen Hemd ein warmes Lederwams und eine wollene Kapuze, denn der Herbst neigte sich dem Ende zu. Die Handschuhe, die ich zum Schießen benötigte, stopfte ich normalerweise sorglos in den Gürtel. Was hätte ich dafür gegeben, ihr Gesicht zu sehen, wäre ich ihr in einem solchen Aufzug vorgestellt worden!

Sowohl mein Vater als auch ich zuckten zusammen, als sie auf einmal gellend „Maria! Sophia!" rief. Als hätten sie vor der Tür gewartet, traten ihre beiden Töchter ein.

Mein Vater hatte mir erzählt, dass sie ein wenig älter waren als ich, Maria war achtzehn und Sophie gerade siebzehn geworden, doch dass sie so schön waren, darauf war ich nicht vorbereitet. Neben ihren ebenmäßigen Gesichtszügen, den langen blonden Zöpfen und den feinen Gewändern kam ich mir mit meiner Stupsnase, meinen Sommersprossen und meiner unbezähmbaren braunen Haarmähne richtiggehend hässlich vor.

„Das ist Maria", sagte die Stiefgemahlin – wie ich sie insgeheim bereits nannte – und zeigte auf ihre Älteste, „und das Sophia. Meine bildhübschen Töchter. Und das da", damit zeigte sie auf mich, „ist eure neue Schwester, Carlotta."

Sophia trug ein hellgrünes Kleid aus glänzendem Taft, das ihre schlanke Taille betonte. Ihre Schwester hingegen trug ein veilchenblaues Seidenkleid in der Farbe ihrer Augen, und auf ihrem Gesicht erschien ein herablassender Ausdruck, als sie mich sah. Beide knicksten höflich und ich tat es ihnen gleich, obwohl ich mich dazu zwingen musste. Ich hatte so eine Ahnung, dass ich mir zukünftig auch weiterhin jegliche Höflichkeiten den neuen Familienmitgliedern gegenüber würde abringen müssen, denn freiwillig wollte ich sie ihnen keinesfalls entgegenbringen.

Sophia und Maria lächelten gleichzeitig das honigsüße falsche Lächeln ihrer Mutter, und mir lief es kalt den Rücken hinunter. Diese Frauen wollte mein Vater allen Ernstes ins Haus holen? Ich warf ihm wieder einen verzweifelten Blick zu, den er jedoch nicht sah, weil er seine Aufmerksamkeit nicht von seiner zukünftigen Frau wenden konnte. Doch in seinen Augen sah ich nicht Liebe – was ich ihm sechs Monate nach Mutters Tod auch sehr übel genommen hätte –, sondern Bewunderung und Faszination und … Stolz. Er war stolz auf diese reiche, schöne Frau mit ihren schönen Töchtern und ihrem vielen Geld. Stolz, dass er sie errungen hatte wie einen lukrativen Vertragsabschluss – müßig fragte ich mich, ob es sich in dieser Angelegenheit nicht um einen ebensolchen handelte –, und dass sie von nun an sein Haus, sein Gesinde und sein Ansehen überwachen und vervollkommnen würde.

Ich konnte nicht mit ihm darüber reden, das wusste ich. Ich hatte kein Anrecht darauf, ich war nur seine Tochter, ich war nicht der Sohn, den er sich so sehnlich gewünscht hatte. Ich konnte sogar froh sein, noch nicht verheiratet worden zu sein, doch womöglich stand mir nun, nach Mutters Tod, auch das bald bevor. Wieder schauderte mir, obwohl mir das Feuer, das eine der Mägde in dem Kamin in meiner Kammer entzündet hatte, die Haut wärmte. Zum Glück war unser Haus so groß, dass die drei neuen Bewohnerinnen jeweils ein Zimmer für sich haben konnten, und die restlichen ungenutzten Räume hatten sie ebenfalls unter sich und ihrem Gesinde aufgeteilt. Ein ganzer Haushalt war heute bei uns eingezogen, und obwohl es als

Tochter des Hauses meine Pflicht gewesen wäre, den Einzug zu überwachen und zu leiten, hatte ich mich nach der missglückten Vorstellung im großen Kaminzimmer zunächst in die Ställe, dann in den Wald und dann auf meine Kammer verzogen. Sie würden das schon machen, hatte ich mir gedacht, sie brauchten mich nicht, und ich hatte Recht gehabt. Ich fragte mich, warum mein Vater das alles so geschehen ließ – und dann wurde mir klar, dass er keine Wahl hatte und dass es ihn womöglich nicht einmal störte, wie seine neue Frau mit mir und dem Haushalt umsprang. Denn es war ja nun ihr Haushalt, sie konnte damit tun und lassen, was sie wollte, solange sie meinen Vater mit den Details nicht belangte, und in diesen Details war ich einfach mit eingeschlossen. Ein Anhängsel, das mit einer Selbstverständlichkeit beiseite geschoben wurde, die mich in ihrer Absurdität eher faszinierte als ängstigte.

Und dann hörte ich, dass sich in dem Zimmer unter meinem etwas tat; im Zimmer meiner Mutter.

Ich sprang auf, ließ die Decke, in die ich mich gewickelt hatte, achtlos fallen und rannte hinaus auf den Flur. Die Stiege hinab, den Korridor entlang und in das Zimmer meiner Mutter – wo die Stiefgemahlin gerade dabei war, zwei Knechten Anweisung zu geben, das geschnitzte Bett, in dem meine Mutter gestorben war, fortzuräumen und stattdessen ihre eigenen Möbel aufzustellen.

„Nein!", rief ich entsetzt, und die Stiefgemahlin drehte sich betont langsam zu mir um.

„Wie bitte?", fragte sie kühl.

„Das ist das Zimmer meiner Mutter", brach es aus mir hervor. „Das dürft Ihr nicht beziehen! Nehmt jeden anderen Raum in diesem Haus, aber nicht dieses Zimmer! Habt Ihr denn gar keinen Respekt?"

Das war zuviel, ich wusste es selbst. Sie war die Herrin im Haus, ich hätte nicht so mit ihr reden dürfen, aber ihre Reaktion ließ meine kurzzeitige Reue verfliegen.

Sie holte Luft und richtete sich auf. Mir schien, als würde sie dadurch einen halben Kopf größer und schösse mit ihren Augen kleine Blitze auf mich. „Mein Kind", – allein dafür hätte ich sie schlagen können –, „du enttäuschst mich. Du bist es, die keinen Respekt zu haben scheint. Hast du deine Mutter nicht schon vor Monaten begraben? Du solltest erwachsen werden. Ich werde übermorgen deinen Vater heiraten. Dieses Haus und alles, was darin ist, ist nun mein, und du tätest gut daran, dir Manieren und Gehorsam anzueignen, anstatt so mit der Frau deines Vaters zu reden!"

Ich starrte sie an, mit aufgerissenen Augen und offenem Mund. Sie war eine Hexe, das beschloss ich in diesem Moment. Wie konnte sie das Andenken meiner Mutter so beschmutzen!

„Geh, du stehst hier nur im Weg herum", sagte die Stiefgemahlin, ging an mir vorbei aus dem Raum und stieß mich dabei unsanft zur Seite.

„Ihr könnt das nicht tun!", flehte ich die beiden Knechte an, die ich noch nie zuvor gesehen hatte – auch sie waren wohl von der Hexe mitgebracht worden. Sie reagierten nicht auf meine Worte, hoben gemeinsam das Bett an und trugen es hochkant durch die Tür, wobei der eine es immerhin noch vermochte, mir einen anzüglichen Blick zuzuwerfen.

Ich hasste ihn dafür, und ich hasste den anderen Knecht, weil er mühelos das Bett meiner Mutter davontrug, und ich hasste die Frau, die sich seit heute mit ihren Töchtern, ihren Truhen, ihren Möbeln, ihrem Gesinde und ihrer Willkür im Haus meiner Eltern breitmachte. In meinem Haus, ich wohnte doch hier, war ich denn nichts mehr wert …?

Langsam ging ich wieder hinauf in meine Kammer, hüllte mich in meine Decke, setzte mich vor das Feuer und weinte.

2

Am nächsten Tag ging ich jagen. Ich ging so früh, dass mich niemand aufhalten konnte. Die Stiefgemahlin und ihre zwei Töchter lagen noch in den Federn, und mein Vater – nun, der saß wahrscheinlich in seinem Arbeitszimmer und überprüfte die Einladungsliste, oder tat sonst irgendetwas. Mir war das herzlich egal, er hätte mich vielleicht angehört, wenn ich ihm von dem Frevel seiner Verlobten am Zimmer meiner Mutter erzählt hätte, aber gerührt hätte es ihn wohl kaum.

Auf den Feldern lag Nebel. Es war Anfang März, und die kühle Feuchte auf meinen Wangen vertrieb auch den letzten Rest des Schlafs. Den Köcher mit meinen Pfeilen trug ich auf dem Rücken, den Bogen in der Hand – er war das Geschenk eines Freundes meines Vaters gewesen, der nie auch nur im Traum damit gerechnet hätte, dass ich die Waffe tatsächlich benutzen könnte. Doch ich tat es, und ich war nicht einmal schlecht darin. Natürlich ließ mich mein Vater bei den seltenen Gelegenheiten, an denen er zur Treibjagd ritt, nicht mitkommen, aber wenigstens verbot er mir das Jagen zu Fuß und auf eigene Faust nicht, und die Wälder um unser Anwesen waren dank der strikten Rechtsprechung meines Vaters frei von Wegelagerern und anderen finsteren Gesellen.

Der Weg vom Haus führte mich durch die Gemüsegärten, die ich durch eine kleine rückwärtige Pforte in der Mauer, die unser Gut umgab, verließ. Dahinter kamen ein selten benutzter Karrenweg, ein kahles Feld, bereit für die Aussaat, die in wenigen Wochen beginnen würde, dann eine Furt durch den Bach, die ich in meinen groben Stiefeln mühelos passierte, und nur wenige Schritte weiter empfingen mich die beruhigenden Schatten des Waldes, an dessen Rand die Haselnussbüsche schon die ersten grünen Triebe zeigten und ein paar verspätete Schneeglöckchen tapfer aushielten.

Ich rechnete nicht damit, etwas zu jagen; darauf war ich heute auch nicht aus. Jegliches Mittel war mir jedoch recht, das Haus zu verlassen, und der Wald war schon immer meine Zuflucht gewesen. Hier ärgerte mich niemand, vor Wölfen und Bären fürchtete ich mich nicht – selbst wenn es sie hier gegeben hätte –, und die Schauergeschichten, die manche Verwandten meinten, einem Kind erzählen zu müssen, hatten mich nie überzeugt, weil ich, seit ich laufen konnte, den Wald wie meine Westentasche kannte. Ich wusste, wohin die Rehe zur Tränke kamen und wann, wusste auch, wo die Wildschweine nach Nahrung wühlten und sich suhlten – nicht, dass ich solch große Tiere gejagt hätte –, und wie man sich so leise bewegte, dass auch die Kaninchen sich kaum rechtzeitig vor dem tödlichen Pfeil retten konnten.

Nebelfetzen umschlangen die Bäume auf den ersten Metern des Waldes, danach verblieb nur ein diesiger Schimmer, was mich aber nicht störte. Ich mochte Nebel. Obwohl er kühl und feucht ist, gibt er der Welt ein sanftes Aussehen, lässt Konturen verschwimmen und schenkt allem eine Weichheit, die einem das Gefühl gibt, durch ein Märchen zu wandern.

Heute wanderte ich jedoch nicht, sondern schlich. Das war mir zur Natur geworden, solange ich mich im Wald befand. Auch dann, wenn ich nichts schießen wollte, machte ich mir einen Spaß daraus, mich möglichst lautlos zu bewegen.

Umso erstaunter war ich, als ich an der Lichtung, auf der die Rehe zur Tränke zu kommen pflegten, tatsächlich etwas sah – unklar aus der Entfernung, verwischt durch den Dunst, aber eindeutig ein Rehbock, der den Kopf gemächlich zum Wasser senkte. Das konnte ich mir nicht entgehen lassen.

Leise zog ich einen Pfeil aus dem Köcher und legte ihn an, ohne den Bock aus den Augen zu lassen. Hob den Bogen, zog die Sehne aus, zielte, atmete ein, hielt die Luft an – und mein rechter Fuß, der auf einem toten Ast stand, rutschte von der feuchten Rinde ab. Ich verlor das Gleichgewicht, die Sehne rutschte mir aus den Fingern, der Pfeil flog von dannen – und jemand schrie.

Was um alles in der Welt –? Mein Pfeil hatte den Rehbock verfehlt. Das Tier hob erschrocken den Kopf und flog nach einer Schrecksekunde davon, und mir wurde bewusst, dass der Schrei, den ich gehört hatte, ein menschlicher gewesen war. Oh nein, bitte nicht, schoss es mir durch den Kopf, während ich losrannte. Bitte lass nichts passiert sein …

„Ist da jemand?“, rief ich, als ich auf der Lichtung mit dem Bach angekommen war, und meine Stimme überschlug sich vor Besorgnis. „He, ist da jemand?“

Rechts vor mir erklangen ein Rascheln und dann ein Fluch, der so böse klang, dass ich instinktiv wieder den Bogen hob, einen Pfeil bereits auf der Sehne. Hatte ich einen Wilderer erwischt?

Aus dem Gebüsch kam ein Mann. Ein wirrer schwarzer Haarschopf hing ihm ins Gesicht, seine Kleider waren, ähnlich wie meine, schlicht und belastbar, einen Bogen hatte er um die Schulter geschlungen, und er drückte seine linke Hand auf eine Stelle an seinem rechten Unterarm. Sein Ärmel war feucht von Blut.

Als er aufsah, trafen sich unsere Blicke für einen Moment, und ich ließ den Bogen sinken. Das hier war kein Wilderer. Wer er war, wusste ich nicht, ich hatte ihn noch nie zuvor gesehen. Aber seine grünen Augen gefielen mir. Und vom Herzen fiel mir ein Stein, weil ich ihn offensichtlich nur leicht verwundet hatte. Trotzdem – was hatte er in unserem Wald zu suchen?

„Du kannst hier nicht jagen", sagte ich, weil mir nichts Besseres einfiel. „Der König hat uns das alleinige Jagdrecht in diesem Wald verliehen."

„Hat er Euch auch erlaubt, Menschen zu jagen?", fragte der Mann bissig, und mein Gesicht wurde ganz heiß. Wie dumm ich mir auf einmal vorkam. Rasch legte ich meinen Bogen ab, griff unter mein Lederwams und riss einen breiten Streifen Stoff vom Saum meines Hemdes.

„Hier", sagte ich und trat auf den Fremden zu. „Darf ich? Bitte verzeih, ich wollte nicht auf dich schießen, ich bin ausgerutscht und –" Beschämt blickte ich zu ihm auf; er war einen ganzen Kopf größer als ich. „Ich hoffe, es tut nicht so furchtbar weh.“

„Ein Verband vom Saum Eures Gewandes?“, fragte er keck, und sein Ton ließ mir wieder die Röte ins Gesicht steigen. Hatte er nicht gerade noch vor Schmerzen geflucht?

„Gib mir deine Hand.“ Energischer als beabsichtigt zog ich seinen Arm zu mir hin, hielt ihn mit einer Hand fest, während ich mit der anderen den Verband bereithielt, als er die Wunde freigab. Der Riss blutete zwar stark, war aber nicht tief, soviel konnte ich mit meinen beschränkten medizinischen Kenntnissen feststellen. Ich wickelte den Leinenstreifen vorsichtig darum, schlang ihn mehrfach um den Arm, zog ihn am Ende fest und verknotete ihn, damit der Verband sich nicht löste. Dann ließ ich den Arm des Mannes los und trat einen Schritt zurück.

„Du solltest das von einem Arzt ordentlich verbinden lassen, doch fürs Erste sollte es reichen.“ Ich wählte bewusst nicht die förmliche Art der Anrede, denn er sah aus wie ein Bauer, ich kannte ihn nicht, und er hatte kein Recht, in diesem Wald zu sein. Auf gewisse Weise gab ich ihm sogar die Schuld daran, dass ich mich ungebührlich verhalten hatte, indem ich einem Fremden so nahe gekommen war. Auch wenn es mir in Wirklichkeit nicht unangenehm gewesen war, doch das brauchte er nicht zu wissen.

„Danke. Ihr seid sehr freundlich.“ Seine grünen Augen betrachteten mich, und um seine Mundwinkel glaubte ich, ein Zucken zu vernehmen. Machte er sich etwa über mich lustig?

Ich hob meinen Bogen auf, ohne ihn aus den Augen zu lassen. „Was hast du hier zu suchen?"

„Die Frau fürs Leben vielleicht?" Und er zwinkerte mir zu.

Ich verzog das Gesicht und wandte mich ab. Wie furchtbar. Solche Sprüche sollten verboten sein, fand ich. Aber einfach so weggehen, das konnte ich nicht, denn schließlich hatte er ja kein Recht, hier zu sein … „Da hast du mit deinem Bogen aber das falsche Werkzeug dabei", brummelte ich. „Verschwindest du freiwillig oder muss ich dich meinem Vater melden?"

„Oh, ich werde schon verschwinden, wenn Euch dieser Wald … gehört." Seine abfällige Betonung auf dem letzten Wort entging mir nicht. „Aber wer ist denn Euer Vater überhaupt?"

„Ritter Otto von Hohenhain", sagte ich und hob stolz das Kinn. Wie gut es tat, ihm den Titel meines Vaters entgegenzuschleudern. „Und wer bist du?"

„Johann", sagte der Fremde und lächelte. „Einfach nur Johann."

„Einfach nur Johann", wiederholte ich und hob einen verächtlichen Mundwinkel. „Wie der Prinz, ja? Obwohl der sich wohl kaum ‚einfach nur Johann' nennen würde."

„Ihr scheint ihn ja nicht sehr zu mögen, den Prinzen."

„Ach –" Ich winkte ab. „Ich bin ihm noch nie begegnet, denn er ist ja seit Jahren fort. Man erzählt sich, sein Vater habe ihn in ein fremdes Land geschickt, damit er dort endlich Manieren lernen kann. Von dem, was man so hört, soll er ein ziemlich ungehobelter Kerl sein, arrogant und unhöflich."

„Ungehobelt?" Johann hob die Augenbrauen. „Arrogant und unhöflich? Soso. Wer erzählt denn so was?"

Unter seinem prüfenden Blick wurde mir unwohl zumute, und ich betrachtete meine Stiefelspitzen. „Nun … in der Küche hört man so einiges …"

„In der Küche", sagte Johann. „Bei den Mägden. An dem Ort, wo in jedem Haushalt wohl am meisten geklatscht wird. Hat es eine Ritterstochter wirklich nötig, ihre Informationen aus einer solchen Quelle zu beziehen?"

Seine gewählte Ausdrucksweise, die überhaupt nicht zu seinem Aufzug passte, verwirrte mich. Zum dritten Mal fühlte ich, wie mir die Hitze ins Gesicht schoss, und beschloss, dass ich fort musste. Dieser Fremde war wirklich unverschämt.

„Geh jetzt besser", empfahl ich ihm, und meine Stimme klang noch kühler als beabsichtigt. „In diesem Wald sollen schon Unfälle vorgekommen sein."

Johann starrte mich einen Moment lang an, und dann fing er zu meinem Verdruss an, schallend zu lachen. „Ihr seid an sich sehr amüsant, Euer Hochwohlgeboren, doch solch harsche Worte stehen Euch nicht gut zu Gesicht. Wollt Ihr mir nicht wenigstens Euren Namen verraten?"

„Nein", antwortete ich eisern. „Lebt wohl." Und ich wartete.

Er wurde ernst, sah mich einen Moment lang nachdenklich an und bot mir zum Abschied eine spöttische

Verbeugung, die er jedoch formvollendet ausführte. Mir wurde unbehaglich zumute, doch ich ließ mir nichts anmerken, während er sich ohne ein weiteres Wort umdrehte und wieder in dem Gebüsch verschwand, aus dem er gekommen war.

Und während ich nachdenklich meine Schritte zurück zum Waldrand verfolgte, wurde ich das beklemmende Gefühl nicht los, mich auf ganzer Linie lächerlich gemacht zu haben.

Ich ließ mir Zeit mit der Rückkehr, streifte noch ein wenig im Wald herum, setzte mich später, nachdem die Vorfrühlingssonne den Nebel geschmolzen hatte, ans Bachufer, aß den Apfel, den ich mir morgens aus der Vorratskammer stibitzt hatte, und genoss die kitzelnden Strahlen auf meiner Nase. Müßig sah ich hoch zum Haus, von dem die Geräusche geschäftigen Treibens herab klangen. Natürlich, morgen war Hochzeit. Den ganzen Tag würde heute gekocht und gewaschen werden, gefegt, geputzt, Kleider gerichtet, Weinfässer mussten aus dem Keller geholt und Kälber und Gänse geschlachtet werden. All das musste bereits in vollem Gange sein, denn die Sonne stand hoch, es war schon fast Mittag. Ein Grund mehr für mich, hier noch zu verweilen – kehrte ich zurück, würde ich unweigerlich eingespannt werden, und das Schlimmste war: Es war meine Pflicht, zu helfen. Mein Gewissen mahnte mich, so schnell wie möglich zurückzukehren, und ich seufzte. Den Zwischenfall mit dem Fremden am Morgen, über den ich mich seitdem entweder ärgerte oder schämte, meistens sogar beides zusammen, würde ich durch die Arbeit vielleicht vergessen können.

Ich trat in unsere große Wohnstube, in der ich gestern meiner zukünftigen Stiefmutter vorgestellt worden war und die inzwischen deutlich die Handschrift der neuen Bewohnerin trug.

„Da bist du ja", begrüßte mich Maria ohne sichtbare Begeisterung, während sie gelangweilt mit einem perlenbesetzten Schuh herumspielte und sich von einer Zofe, die ich noch nie vorher gesehen hatte, die langen blonden Haare kämmen ließ. „Mutter hat dich schon gesucht." Schwang da Schadenfreude in ihrer Stimme mit?

„Aha", sagte ich und wollte gehen.

Sie rief mir nach: „In so einem Aufzug solltest du dich bei ihr aber nicht blicken lassen!"

Jetzt erst recht, dachte ich und ging. Und als hätte sie auf mich gewartet, traf ich draußen auf die Stiefgemahlin Loretta, die wie ein Habicht auf mich herabstieß und mit ihrem spitzen Finger auf mich zeigte.

„Wie siehst du denn aus!", zeterte sie, und zwei Mägde, die gerade von der Vorratskammer in die Küche liefen, blieben neugierig stehen. „Lässt dich dein Vater etwa so herumlaufen? Das hat ab jetzt ein Ende! Sieh zu, dass du dir etwas Ordentliches anziehst, und zwar auf der Stelle, und dann kommst du wieder herunter und hilfst bei den Vorbereitungen."

Ich war schon wütend, bevor sie halb zu Ende gesprochen hatte. „Warum hilft Maria denn nicht? Die hat doch nichts Besseres zu tun als herumzusitzen! Und ich kann tragen, was ich will, das konnte ich schon, bevor Ihr kamt, und ich werde es noch können, wenn Ihr schon längst nicht mehr hier seid!"

Die Antwort darauf war eine schallende Ohrfeige, die mich gegen die Wand taumeln ließ. Loretta trat ganz nah zu mir und griff mich hart an der Schulter. Ihre Stimme war nur noch ein böses Zischen. „Solche Unflätigkeiten wirst du dir abgewöhnen. So etwas dulde ich nicht von meinen Kindern, und schon gar nicht von dir. Tu, was ich gesagt habe, oder du wirst es bereuen."

Und obwohl ich sie gerne gefragt hätte, was sie denn zu tun gedachte, um mich zur Reue zu zwingen, hielt ich meinen Mund. Ich hatte genug damit zu tun, die Tränen zu unterdrücken, die mir der Schmerz und der Zorn in die Augen getrieben hatten.

Sie rauschte davon und hielt es offensichtlich nicht für nötig, sicherzugehen, dass ich ihre Anordnung befolgte. Sie war wohl der Meinung, genug Eindruck hinterlassen zu haben, dass ich mich nicht mehr widersetzte. Und das Schlimmste war: Sie hatte Recht.

„Hier", flüsterte mir jemand zu, „nehmt das mit auf Euer Zimmer!" Ich blickte auf und sah Elisabeth, unsere Wirtschafterin. Sie hielt mir einen kleinen Kuchen vor die Nase, den sie wohl aus der Küche entwendet hatte – niemand würde es merken, für die morgige Feier waren sicher Dutzende davon gebacken worden – und lächelte mir aufmunternd zu. Ich kannte sie schon mein ganzes Leben, sie hatte mich als kleines

Kind auf dem Schoß gehabt und mir später die offenen Knie verbunden, die ich mir beim Spiel mit den anderen Kindern verletzt hatte. Ein Blick in ihr zerfurchtes, gütiges Gesicht, das von silbernem Haar umrahmt wurde, zeigte mir, dass sie das Verhalten der Stiefgemahlin genauso wenig billigen konnte wie ich. Und genauso wenig wie ich konnte sie etwas dagegen tun.

Ich nahm den Kuchen und unterdrückte den Impuls, sie in die Arme zu schließen; ich hätte die Tränen dann nicht mehr zurückhalten können. „Danke", sagte ich leise und drückte ihre Hand, „vielen Dank. Wir werden das gemeinsam durchstehen müssen."

Sie nickte traurig. „Jetzt geht, bevor sie zurückkommt."

Ich stieg zu meiner Kammer hinauf, und dort angekommen setzte ich mich ohne Eile auf mein Bett und brach ein Stück Kruste von dem Kuchen ab. Er war noch warm, mit Nussstückchen darin, und äußerst köstlich. Meine Wange schmerzte schon fast nicht mehr und mein Stolz – nun, auch mein verletzter Stolz würde heilen.

Nach einer Zeit, die ich als hinreichend lang empfand, um aufsässig zu wirken, ging ich wieder hinunter. Ich trug mein ungefärbtes Leinenkleid, darüber eine grobe Schürze und mein Haar hatte ich mit einem Tuch gebändigt. Unten wartete jedoch keine Hexe auf mich, und ich legte es auch nicht darauf an, einer ihrer Töchter zu begegnen. Stattdessen verzog ich mich in die Küche, wo die Köchin und sechs von unseren Mägden sowie drei weitere, die ich nicht kannte und die offensichtlich mit Loretta angereist waren, eifrig Gemüse schnitten, Rüben schälten, Teig kneteten und Eintopf kochten. Hier hatte ich schon oft geholfen, und ich kannte mich aus. Bis zum späten Nachmittag beschäftigte ich mich hier, und die Stiefgemahlin ließ sich nicht blicken. Ich ließ meinem Vater ausrichten, dass ich das Abendessen mit den Mägden in der Küche einnehmen würde, und wusste, es würde ihm nichts ausmachen, denn die Stimmung am Tisch war schon gestern sehr angespannt gewesen. Morgen würde er heiraten, und ich wollte ihn nicht in den Streit mit Loretta hineinziehen.

Leider war es aber mit den Demütigungen für diesen Tag noch nicht getan. Nach dem Essen ließ Loretta mich zu sich rufen, und aus Vernunft ging ich, wenn auch widerwillig.

Sie empfing mich in ihrem Ankleidezimmer, das meine Mutter früher für denselben Zweck benutzt hatte. Maria und Sophia standen herum als erwarteten sie etwas, Loretta hatte sich gerade die langen Haare für das Zubettgehen flechten lassen. Auf einer Truhe lag ein kleiner Haufen Kleider.

„Wir müssen endlich eine Frau aus dir machen", begrüßte mich die Stiefgemahlin und wies dann auf die Kleider. „Diese hier passen meinen Töchtern nicht mehr, probier sie an, damit wir sehen können, was dir am besten steht. Du kannst deinem Vater morgen keine Schande bereiten, indem du wie ein Wildfang aussiehst."

Eine bissige Antwort lag mir auf der Zunge, doch ich hielt mich zurück. Es würde sie ohnehin nicht kümmern.

Loretta sagte: „Zieh dich aus."

Verständnislos sah ich sie an. Hier? Jetzt? Ich konnte die Kleider doch mitnehmen … Maria wisperte etwas zu ihrer Schwester, das ich nicht verstand, und Sophia fing an, leise zu kichern.

„Nun mach schon", sagte ihre Mutter ungeduldig, kam auf mich zu und machte Anstalten, mir mein Kleid selbst auszuziehen.

„Schon gut!", wehrte ich sie ab und wollte zurücktreten, aber sie hatte meinen Saum schon gepackt und mir das Kleid halb über die Schultern gezogen. Ich ließ es geschehen und merkte zu spät, dass sie nicht nur mein Kleid, sondern auch mein Unterhemd ergriffen hatte. Jenes zog sie mir mitsamt dem Kleid über den Kopf, und ich stand auf einmal vor ihr wie am Tag meiner Geburt, nackt und völlig schutzlos. Ich glaube, sie hatte es nicht einmal mit Absicht getan, aber sie bereute es auch nicht und warf meine Kleider achtlos über einen Stuhl, der außerhalb meiner Reichweite stand.

Ich schlang die Arme um meinen Körper, denn der Raum war kühl, und versuchte, mir meine Beschämung nicht anmerken zu lassen. Maria und Sophia waren ganz still geworden. Ihnen konnte ich wohl nichts vormachen oder sie verstanden immerhin, dass die Situation mir mehr als unangenehm war, und so viel Schadenfreude brachten sie wohl nicht auf, um mich jetzt auch noch zu verspotten. Nur Loretta betrachtete mich von oben bis unten wie ein Metzger ein mittelmäßiges Stück Fleisch, und ich wollte am liebsten im Boden versinken.

„Da muss aber noch einiges wachsen, bevor wir dich verheiraten können", stellte sie fest, griff mir dann ins Haar und zog schmerzhaft daran. „Und diesen Wirrwarr würde ich am liebsten abschneiden, aber das würde es wohl noch schlimmer machen. Lass dir morgen einen ordentlichen Zopf flechten, verstanden? Bist du noch Jungfrau, oder hast du dich schon mit allen möglichen Knechten im Heu herumgetrieben?"

Vor Empörung blieb mir der Mund offen stehen. „Was – was fällt Euch –?" Ich hielt inne, suchte nach Worten und hob schließlich herausfordernd das Kinn. „Ich treibe mich nicht im Heu herum, weder allein noch mit irgendwelchen Knechten. Ich bin nicht so ehrlos, wie Ihr vielleicht denkt. Ich weiß, was sich gehört!"

„Offensichtlich nicht, sonst würdest du dich nicht alleine im Wald vergnügen", bemerkte Loretta und fügte dann herablassend hinzu, „aber in diesem Punkt will ich dir Glauben schenken. Jetzt zieh das an." Und sie reichte mir das oberste Kleid von dem Stapel mit den Untergewändern.

Eine Ewigkeit später, nach viel unnützem Gekicher von Lorettas Töchtern und weiteren Sticheleien ihrer Mutter, hatte man ein Kleid für mich ausgesucht, das ich nicht einmal schlecht fand. Feines Wolltuch, rostrot, mit weiten Ärmeln und geschmückt mit einer braunen und goldenen gestickten Borte, dazu ein Unterkleid aus feinem gebleichtem Leinen, ein langer

Gürtel mit goldenen Beschlägen und ein feiner Schleier, um meine widerspenstigen Locken zu verstecken. Es war besser als alles, was ich besaß, und mehr, als ich jemals gebraucht hätte, wenn es nach mir ginge. Doch morgen würde ich es tragen und mich auch in allen weiteren Belangen so verhalten, wie es eine gehorsame Tochter ihrem Vater gegenüber tun sollte. Ich nahm es Loretta übel, dass sie mich so entblößt und beschämt hatte, aber mir war klar, dass wir irgendeine Möglichkeit finden mussten, miteinander auszukommen, denn in Zukunft würden wir uns kaum aus dem Weg gehen können.

3

Der Tag der Hochzeit meines Vaters mit Loretta grüßte mich mit einem klaren Himmel und Raureif, der den Garten und das Feld dahinter mit einem glitzernden Schleier belegte. Mein Atem formte kleine Wölkchen in der kalten Luft, als ich früh morgens hinausging, um den Schlaf zu vertreiben und noch ein paar Minuten Ruhe zu finden.

In wenigen Stunden würden die Glocken zum Gottesdienst läuten. Dann würden nacheinander Dutzende von Kutschen vor unseren Toren vorfahren, viele Gäste, die entweder reich oder mit uns verwandt oder beides waren, jedenfalls immer prunkvoll gekleidet, würden daraus hervorkommen und sich zu der Kapelle bewegen, die mein Vater vor zwölf Jahren auf unserem Anwesen hatte errichten lassen. Nach einem mehr oder weniger anrührenden Gottesdienst würden sie alle zum Festmahl schreiten und sich den Rest des Tages wohl kaum von ihren Plätzen erheben. So war es nun einmal, und ich hatte den Trost, dass ich unter den vielen Hochzeitsgästen immerhin meiner Stiefmutter entfliehen konnte.

Ich ging hinein, zog das schöne Wollkleid an, unterwarf mich Elisabeths Kunst mit dem Kamm, was mir nach einer schmerzhaften halben Stunde tatsächlich einen passablen Zopf bescherte, ließ mir von ihr den Schleier richten und ein paar aufmunternde Worte sagen, und sah dann in der Küche nach dem Rechten.

Eigentlich wäre das Lorettas Aufgabe gewesen, aber noch war sie nicht die Edle von Hohenhain, und ich war daran gewöhnt, diese Pflichten auszuüben, seitdem meine Mutter nicht mehr dazu in der Lage gewesen war. Der Duft von verschiedenen Braten und Soßen ließ mir das Wasser im Mund zusammenlaufen, und ich drückte mich eine Zeitlang bei den dampfenden Töpfen herum, bis mich die Köchin mit gespieltem Unmut und erhobenem Löffel vertrieb.

Und draußen auf dem Gang begegnete ich meinem Vater.

Er war schon angekleidet und so unruhig, wie ich ihn überhaupt nicht kannte. Seine Aufregung verleitete mich zu einem Lächeln, das er willig erwiderte, dann innehielt und mich einen Moment lang betrachtete.

„Meine hübsche Tochter", sagte er versonnen. „Ich sehe dich viel zu selten." Und dann hob er die Hand und streichelte meine Wange, und ich, die ich solche Gesten von ihm in den letzten Jahren hatte entbehren müssen, musste an mich halten, um ihm nicht von meinem Unglück mit seiner neuen Familie zu erzählen. Nicht heute, nicht an seinem Hochzeitstag …

Wieder lächelte er, wandte sich dann ab und ging davon, und bei mir setzte Ernüchterung ein. Er war nervös und glücklich, alles musste ihm besser scheinen, als es war, und das war gut so, denn an seinem Hochzeitstag sollte man nervös und glücklich sein. Aber was er heute zu mir sagte, würde er morgen vergessen haben, wenn ihn seine alltäglichen Pflichten wieder eingeholt hatten. Sein Lehen war sein Leben, und daran würde auch Loretta nichts ändern oder ihre Töchter, die sogar noch viel hübscher waren als ich.

Alle drei hatten sich herausgeputzt, als wären sie nicht nur zukünftige Ritterstöchter, sondern Prinzessinnen. Perlen und Edelsteine zierten ihr Haar und ihre Hälse, und Lorettas Schleppe war so lang, dass eine Zofe sie ständig festhalten musste. Sie waren schön, daran bestand kein Zweifel, und ich gestand es ihnen neidlos zu, wenn ich mir auch hin und wieder wünschte, glattere Haare, weniger Sommersprossen oder mehr Kurven zu besitzen. Doch solche Wünsche waren nichtig, und ich brauchte auch keinen glitzernden Tand, um glücklich zu sein.

Der Gottesdienst war, wie mein Vater gewünscht hatte, knapp und prägnant, die weiblichen Gäste – alle in Samt und Seide, was erwartet man auch zur Hochzeit eines Adligen – rangen sich eine angemessene Menge an Tränen ab, und danach schritt man zügig zum Festmahl, das inzwischen aufgetragen worden war.

Loretta war ein Abbild von Großzügigkeit und Charme. Elegant und herzlich begegnete sie den Glückwünschen, die ihr von den Gästen entgegengebracht wurden, und gewann auf diese Weise zahlreiche Herzen. Auch ihre Töchter waren bezaubernd, und ich musste mir unzählige Bemerkungen anhören, wie viel Glück ich doch mit einer solchen Stiefmutter und solchen Schwestern hätte, wie liebreizend sie doch seien und wie entzückend anzusehen … Dieser Nachmittag stelle meine Geduld auf eine harte Probe, doch ich lächelte und nickte zu allem, denn auch ich konnte elegant und herzlich sein, wenn ich wollte.

Das Essen war vorzüglich, und während der Nachmittag sich hinzog, wurde auch dem Wein gründlich zugesprochen. Manche Gäste erhoben sich, unterhielten sich in kleinen Gruppen oder vertraten sich an der frischen Luft die Beine, und dann traten die Spielleute auf und die Gäste stimmten in so manches Lied mit ein. Mich reizte das weniger, und als dann die Stimmen lauter wurden und der Gesang dank des Alkohols zu einem Gegröle ausartete, stand ich auf und verließ die Festgesellschaft, denn mir war nach etwas Abkühlung zumute.

In den Gemüsegarten hatte sich zum Glück noch keiner der Gäste verirrt. Ich trat durch die kleine Pforte auf den Karrenweg und stand dort eine Weile, während ich die kühle Luft atmete und der Dämmerung dabei zusah, wie sie den Himmel langsam immer dunkler färbte. Da hörte ich von links das Geräusch eines sich nähernden Gefährts und stellte fest, dass es sich um einen Schubkarren handelte, der von einem Mann entlang des Weges geführt wurde. Als er näher kam, konnte ich sehen, dass seine Hände blau gefroren waren; er musste schon lange unterwegs sein. Auf dem Karren lagen Erzbrocken, wie der Dorfschmied sie verwendete. Und dann erkannte ich die Züge des Mannes, die halb unter der tief ins Gesicht gezogenen Wollmütze verborgen waren, und wollte meinen Augen nicht trauen.

„Johann?"

Er hielt an, sah auf und grinste, und instinktiv trat ich einen Schritt zurück.

„Was machst du hier?", fragte ich ihn und schalt mich gleich darauf selbst, denn was er hier tat, war wohl offensichtlich, und dass es ihm gefiel, mir zu begegnen, war mindestens ebenso deutlich.

„Ich fahre schon seit Stunden dieses Erz hin und her", sagte er keck, „in der Hoffnung, einen einzigen Blick auf Euch zu erhaschen."

„Haha." Ich verzog das Gesicht ob seines plumpen Scherzes. „Fährst du zum Schmied? Bist du sein neuer Lehrling?"

„Äh …" Er schien zu überlegen und nickte dann eifrig. „Ja. Ja, das bin ich. Und schaut, mein Arm ist ordentlich verbunden worden. Was wird denn heute bei Euch gefeiert?"

Ich seufzte. „Mein Vater heiratet."

„Herzlichen Glückwunsch, das ist doch schön! Oder etwa nicht?"

„Doch, doch … für meinen Vater ist das sicher schön." Ich lächelte kläglich und ignorierte hartnäckig mein Gewissen, das mir wieder nahelegen wollte, dass ich mich nicht ohne Begleitung mit einem fremden Mann unterhalten sollte. „Meine Stiefmutter ist außerordentlich …" Ich überlegte, was ich höflicherweise sagen konnte, und entschied mich für Zurückhaltung. „Nun, sie ist außerordentlich. Aber ich will dich nicht von deiner Arbeit abhalten."

„Ach, das ist nicht so schlimm." Er kratzte sich durch die Wollmütze hindurch am Kopf und sah aus, als bereitete ihm meine Situation Sorgen, was ich irgendwie aufdringlich fand. Dann fragte er, „Habt Ihr Lust, ein wenig mit mir spazieren zu gehen?"

„Nein!" Empört fuhr ich zurück. „Was bildest du dir eigentlich ein? Ich gehe doch nicht mit jedem dahergelaufenen Lehrling davon, wie sähe das denn aus?"

Ich vermeinte, in seinem Blick einen Anflug von Ärger zu erkennen, den er jedoch schnell unterdrückte. Er ließ den Kopf hängen, und hätte ich seine Verstimmung nicht vorher beobachtet, hätte er mich überzeugt. So aber wurde er mir noch unheimlicher, und ich tat einen Schritt auf das Gartentor zu.

„Nun denn", sagte er enttäuscht. „Verzeiht, Euer Hochwohlgeboren, ich wollte Euch nicht zu nahe treten."

Ich schüttelte mich. „Diese Anrede kannst du dir sparen. Fahr besser dein Erz nach Hause, bevor es dunkel wird."

Als Antwort murmelte er irgendetwas Unverständliches, hob dann die Griffe des Karrens an und setzte seinen Weg fort, ohne mir einen weiteren Blick zu schenken.

Ich sah ihm nach. Ich hatte ihn wohl beleidigt, ja – aber hatte er mich nicht dazu herausgefordert?

Sein Weg führte ihn gerade an einem dichten Gebüsch vorbei, und während ich noch dort auf dem Weg stand und ihn beobachtete, hielt er inne, ein Pfiff ertönte, und aus dem Gebüsch trat Hans, der Sohn des Schmieds. Johann drückte ihm etwas in die Hand, in den letzten Strahlen der Abendsonne sah ich etwas

aufblitzen – eine Münze? Was um alles in der Welt …?
–, dann übernahm Hans den Karren und gemeinsam
gingen die beiden gen Dorf.

Und ich schüttelte den Kopf, ich konnte mir darauf
keinen Reim machen und wollte es auch eigentlich
nicht. Stattdessen wollte ich Johann vergessen, und
mir schien, als könnten mir ein Becher Wein oder zwei
dabei hilfreich sein … Und so ging ich wieder hinein.

Später am Abend, als die meisten Gäste so betrunken waren, dass der Ernst des Lebens sie um nichts in
der Welt hätte schrecken können, wurden mein Vater
und die Stiefgemahlin unter lauten Hochrufen und der
einen oder anderen schlüpfrigen Bemerkung in ihr
Schlafgemach geführt. Zu dieser Zeit hatten sich die
meisten Frauen, auch meine Stiefschwestern, schon
zurückgezogen, und auch ich hielt mich im Hintergrund, denn die zwei oder drei Anträge auf Heirat oder
weniger formelle Dinge, die mir heute im Rausch
schon gemacht worden waren, hatten mir gereicht.

Mein Onkel Herbert, der Bruder meines Vaters,
fand mich, als ich draußen auf dem Hof stand, zu den
eisigen Sternen hinaufstarrte und versuchte, nicht daran zu denken, was sich im Schlafzimmer meines Vaters und der Stiefgemahlin gerade abspielte. Hin und
wieder schüttelte es mich, und ich weiß nicht, ob es die
Kälte war – die mir trotz des warmen Mantels, in den
ich mich gehüllt hatte, bis zu den Knochen drang –
oder die Vorstellung davon, wie mein Vater mit dieser

Hexe Zärtlichkeiten austauschte. Als Herbert mich ansprach, erschrak ich zwar, denn ich hatte ihn nicht kommen hören, war aber froh über die Ablenkung. Zumal er wie ich dem Wein nur spärlich zugesprochen hatte.

„Kind", sagte er und legte mir die Hand auf die Schulter, „willst du nicht hineingehen? Hier draußen kannst du dir den Tod holen."

Ich lächelte ihn an und schüttelte den Kopf. „Ach nein, Onkel. Ich möchte noch nicht schlafen gehen, aber drinnen ist es so laut und stickig."

Er blickte ebenfalls zum Himmel hinauf. „Mhm. Ich weiß, was du meinst."

Gemeinsam schwiegen wir einen Moment und liefen einvernehmlich Gefahr, steife Hälse zu bekommen.

„Da!", rief er auf einmal. „Hast du die Sternschnuppe gesehen? Wünsch dir was, schnell!"

Ich musste lachen. Wer glaubte denn an solchen Unsinn? Nichtsdestotrotz wusste ich, wie mein Wunsch lauten würde: mein Leben mit einem geliebten Menschen zu verbringen, bis wir beide alt und grau waren und schließlich gemeinsam im Schlaf starben. Das schien mir angesichts der momentanen Situation ein sinnvolles Ansinnen, auch wenn ich nicht daran glaubte, dass diese kleine Sternschnuppe irgendetwas damit zu tun haben könnte.

„Nicht lachen", mahnte Onkel Herbert. „Wenn du dich darüber lustig machst, wirkt es nicht. Wünsch dir etwas Schönes, Kind, denn es gibt in dieser Welt zu viele traurige Dinge." Er drückte tröstend meine Schulter. „Du wirst dein Glück schon noch finden."

Plötzlich musste ich an Johann denken und erschrak. Warum er, was suchte er in meinem Kopf? Ich hatte ihn doch von dort verbannen wollen. Ärgerlich versuchte ich, die Erinnerung beiseite zu schieben, doch es gelang mir nicht. Da sprach Onkel Herbert weiter, und mir wurde auf einmal noch kälter als bisher.

„Dein Vater überlegt, dich zu verheiraten."

Ich erstarrte und musste mich zwingen, weiter zu atmen. Nein, bitte nicht, nicht so bald … „Mit wem?" Meine Stimme klang erstickt.

„Mit Meister Bonifaz aus Marienfurt. Kennst du ihn?"

„Oh nein", flüsterte ich. „Warum gerade er?"

Doch die Antwort kannte ich bereits. Meister Bonifaz war Goldschmied. Der beste und reichste Goldschmied weit und breit. Er war nicht nur ein großer Meister seiner Kunst, sondern auch ein fähiger Geschäftsmann. Das Schlimme war nur, dass er bereits über vierzig Jahre alt war, übergewichtig und gichtkrank. Lange würde er seine Tätigkeit nicht mehr ausüben können, doch er hatte genug Geld angelegt, um auch danach noch über die Maßen komfortabel leben zu können. Er suchte eine Frau, am besten eine junge. Das wusste ich, weil mein Vater mir früher schon von ihm erzählt hatte. Damals war ich noch zu klein gewesen, und überhaupt hatte meine Mutter sich immer gewehrt wenn es darum ging, Heiratspläne für mich zu schmieden. Sie hatte gewusst, wie wichtig mir meine jugendliche Freiheit war, und wollte mir so viel Zeit wie möglich geben, um sie auszukosten. Mit Schrecken wurde mir bewusst, dass dieses unbeschwerte Leben bald vorbei sein könnte.

Es war nicht so, dass ich Meister Bonifaz nicht ausstehen konnte; zu den wenigen Gelegenheiten, als er bei uns zu Besuch gewesen war, war er stets höflich gewesen. Aber er reizte mich überhaupt nicht. Er lachte gern, wenn auch für meinen Geschmack ein wenig zu laut, und seine Witze waren hin und wieder so obszön gewesen, dass sogar meine Mutter, die eigentlich nichts aus der Ruhe hatte bringen können, errötet war. Ganz abgesehen davon, dass eine Heirat nach Marienfurt bedeuten würde, dass ich mehrere Tagesreisen entfernt von diesem Gut und meinem Wald leben musste. Ich wollte diesen Mann nicht heiraten, um nichts in der Welt.

„Seit wann überlegt Vater das?", fragte ich.

„Er hat es mir heute gesagt." Onkel Herbert zuckte mit den Schultern. „Ich nehme an, er plant es noch nicht lange."

Ha! Das nahm ich auch an. Tatsächlich nahm ich noch mehr an, nämlich dass die Idee ursprünglich nicht die seine gewesen war, sondern die seiner neuen Frau. Der ich offensichtlich – wenn auch aus mir unbekannten Gründen – ein Dorn im Auge war und die aus meiner Heirat doppelten Profit schlagen würde: Zum einen wäre ich so weit weg, dass ich ihr nicht mehr in die Quere kommen konnte, zum anderen würde der Brautpreis, den Meister Bonifaz für mich zahlen würde, haarsträubend hoch sein. Vereinfacht wurde meiner Stiefmutter Plan noch dadurch, dass ich seit Neuestem nicht mehr die einzige, sondern nur noch die jüngste Tochter des Ritters von Hohenhain war. Maria, die Älteste, würde mit ihrer Hochzeit ihrer Mutter nachfolgen, und ihr Mann würde nach dem Tod meines Vaters den Titel des Herrn von Hohenhain tragen. Ich war ab jetzt aus dem Spiel. Aber so einfach würde ich es ihr nicht machen, das schwor ich mir.

Onkel Herbert musste meinen ablehnenden Gesichtsausdruck bemerkt haben. „Freust du dich nicht? Meister Bonifaz ist doch eine gute Partie. Es gibt weitaus Schlimmere als ihn."

Ich seufzte und beschloss, vorsichtig in meiner Antwort zu sein. „Ach Onkel … Ich danke Euch für die Vorwarnung. Ich hätte nicht damit gerechnet, so bald verheiratet zu werden, das ist alles. Ich werde sehr traurig sein, all das hier zu verlassen."

Wieder drückte er aufmunternd meine Schulter. Darin waren er und mein Vater sich sehr ähnlich: Sie wussten beide nicht, wie man mit Worten trösten kann.

4

Der nächste Tag brachte wieder Ärger.

„Hol mir Honig für meinen Haferbrei. Und Milch, wenn du schon dabei bist", sagte Sophia zu mir, als ich die Stube betrat, in der sie und Maria bereits beim Essen saßen und mein Vater und seine neue Frau gerade Platz nahmen. Beide wirkten ein wenig müde, aber auf Lorettas Gesicht lag ein Ausdruck von solcher Zufriedenheit, dass mir leicht übel wurde. Ja, jetzt konnte sie stolz sein. Jetzt war sie eine wirkliche Adlige.

Das gab ihrer Tochter aber noch nicht das Recht, mich herumzukommandieren. „Hol sie dir doch selber", sagte ich und setzte mich. „Oder lass eine deiner zahlreichen Zofen gehen."

„Carlotta, bitte." Das war Loretta, und sie schenkte mir ein Lächeln, das ebenso süß wie falsch war. Ich begann, innerlich vor Wut zu kochen. Sie wusste ganz genau, dass ich nun nicht mehr ablehnen konnte.

Ein Blick zu meinem Vater brachte keine Rettung, er sah mich nur an, freundlich zwar, aber offensichtlich war er mit den Gedanken woanders. Also verkniff ich mir eine freche Antwort, stand auf und machte mich auf den Weg zur Küche.

„Und lass unterwegs ja nichts fallen!", rief mir Maria spöttisch hinterher, und dann hörte ich noch, wie die jungen Frauen in haltloses Gekicher ausbrachen.

Stoisch kehrte ich schließlich zurück, stellte Milch und Honig auf den Tisch und nahm Platz. Kein Wort des Dankes bekam ich, aber wenigstens auch keinen weiteren Spott.

Erst als das Mahl fast beendet war und mein Vater sich schon entschuldigt hatte, um nach den Gästen zu sehen, die den Weg nach Hause gestern nicht mehr hatten antreten können und nun im Gästehaus untergebracht waren, wandte sich Loretta mir wieder zu. „Carlotta, bitte nimm dich doch heute der Kleider an, die Maria und Sophia gestern zur Feier getragen haben. Sie müssen gewaschen werden, und Sophia ist wohl an einem Nagel hängen geblieben, am Saum befindet sich ein Riss, der geflickt werden muss."

Ich starrte sie ungläubig an. „Das ist nicht Euer Ernst, oder? Das ist die Arbeit der Mägde!"

„Den Mägden möchte ich diese wertvollen Kleider nicht anvertrauen", erwiderte sie honigsüß, „aber du wirst gewiss damit umgehen können."

Aus dem Augenwinkel sah ich, wie sich auf Sophias Gesicht ein heiteres Grinsen formte.

„Warum kann Sophia den Riss nicht selber flicken? Sie hat ihn doch auch verursacht."

„Ach, ihre Finger sind doch so zart", klagte Loretta, „sie wird sie sich nur zerstechen. Aber du läufst so oft im Wald herum und bist auch sonst harte Arbeit gewöhnt, dir wird das doch sicher nichts ausmachen."

„Doch", sagte ich bissig. „Ich habe keine Ahnung, wie man solch feine Kleider behandelt. Wie Ihr wisst, besitze ich selber so etwas nämlich nicht."

„Dann wirst du es eben lernen." Auf einmal war da kein Lächeln mehr auf Lorettas Gesicht. „Und ich rate dir, dich verständig dabei anzustellen. Das Kleid liegt in Sophias Kammer, hol es dir gleich und mach dich an die Arbeit."

Ich sah sie an und versuchte, einen klaren Kopf zu behalten. Langsam stand ich auf. Sollte ich einfach gehen? Einfach das tun, was sie sagte? Mein Blick fiel auf Sophia, die mich gespannt beobachtete. Sie war schön, selbst müde und zwanglos gekleidet war sie schön, und trotzdem oder gerade deswegen verspürte ich den Wunsch, ihr mit den Fingernägeln durch das Gesicht zu fahren. Ich wandte mich ab.

Zu Loretta sagte ich: „Warum ich? Was habe ich Euch getan? Warum verachtet Ihr mich so?"

Hochmütig reckte die Stiefgemahlin das Kinn. „Das ist einfach: Du hast kein Benehmen. Du führst dich auf, wie es einer jungen Dame nicht ansteht. Du bist frech, du treibst dich zu Zeiten, in denen du deinen Pflichten nachkommen solltest, in Wald und Wiesen herum und kleidest dich dabei wie niederes Volk. Dementsprechend behandele ich dich so. Wenn du meinen Respekt erlangen willst, dann lerne gefälligst, dich schicklich zu verhalten. Oder willst du etwa, dass sich dein Vater für dich schämen muss? Sieh dir Maria und Sophia an, wie wohlerzogen sie sind. Möchtest du nicht ein ebenso feines Auftreten haben? Es ist eine Schande, dass deine Mutter dir zu viele Freiheiten gelassen hat."

Ich rang nach Luft. „Meine Mutter –", begann ich, doch ich musste innehalten, denn ein Kloß saß mir plötzlich in der Kehle, und ich wollte Loretta nicht die Genugtuung geben, vor ihr in Tränen auszubrechen.

„Deine Mutter", beendet sie ungerührt meinen Satz, „lebt nun nicht mehr und kann ihren Fehler demnach nicht korrigieren. Deshalb werde ich das tun. Sei dir versichert, dass ich aus dir eine Dame machen werde. Du wirst zwar niemals so schön und elegant sein wie deine Schwestern, dazu hast du einfach zu viel nachzuholen und hast auch die falschen Erbanlagen – aber ich werde retten, was zu retten ist, damit du einen guten Mann heiraten kannst und mir und deinem Vater und auch deiner verstorbenen Mutter keine Schande machen musst."

Meine Beine zitterten und in meinem Kopf rauschte es. Ich hielt mich an der Tischkante fest und starrte ins Leere. Warum musste sie meine Mutter ins Spiel bringen? Warum … warum fühlte ich mich so gedemütigt? Hatte sie etwa Recht? Hatte meine Mutter mich schlecht erzogen? Warum … falsche Erbanlagen? Auch die hatte ich von meiner Mutter bekommen, ich hatte ihre dunklen Locken und die braunen Augen, war ich deswegen etwa schlechter als Lorettas bildhübsche Töchter? War mein Vater etwa auch der Meinung?

Ich holte Luft, mühsam nur, und ließ den Tisch los. Ich musste fort, fort von dieser Frau und ihren Töchtern, fort von der drohenden Erkenntnis, dass ich verdient hatte, so streng und herablassend behandelt zu werden. Dass meine geliebte Mutter daran schuld sein sollte, dass ich gewöhnlich und unansehnlich war, und dass ich meinem Vater und seinem Titel keine Ehre machte.

Gerade rechtzeitig erreichte ich meine Kammer, bevor meine Fassung den Tränen weichen musste.

„Carlotta", rief eine Stimme vom Fuß der Stiege, die zu meiner Kammer führte. „Carlotta! Carlottaaa!"

Ich riss mich zusammen und stand auf. Seit dem Frühstück war eine Stunde vergangen, und meine Tränen waren versiegt. Mein geschwollenes Gesicht kühlte ich rasch in der Wasserschüssel, die noch von der Morgenwäsche auf dem Tisch stand, und ging dann, um den nervtötenden Rufen ein Ende zu bereiten.

Es war Sophia, die ungeduldig im unteren Korridor wartete, ihr zerrissenes Kleid in den Händen und einen Ausdruck hochmütiger Indignation auf dem Gesicht.

„Wie siehst du denn aus?", begrüßte sie mich unfreundlich. „Arme Carlotta, hat dich etwa die bittere Wahrheit überwältigt? Was war denn so schlimm? Dass du nur mittelmäßig aussiehst? Oder dass du mit deinen groben Umgangsformen für eine Magd gehalten werden könntest?"

„Pass bloß auf, dass ich mit meinen groben Umgangsformen nicht deine zarten Finger oder dein feines Näschen verletze", zischte ich und nahm ihr das Kleid aus der Hand. Bevor sie etwas erwidern konnte, ging ich an ihr vorbei, nicht ohne sie unsanft zu streifen, um mir Garn und eine Nadel zu besorgen. Sie rief mir etwas hinterher, das ich aber nicht verstand, und ich gab mir auch keine Mühe, genauer hinzuhören.

Als ich zurückkehrte, war sie fort und ich schon wieder etwas ruhiger. In meiner Stube war gutes Licht, und es war dort warm. Dort würde ich das Kleid flicken, und zwar so gut ich konnte. Ich würde ihr und ihrer strengen Mutter beweisen, dass ich kein Nichtsnutz war.

Der Riss war klein und nicht sehr kompliziert. Trotzdem gab ich mir viel Mühe, gründlich zu arbeiten, ohne den feinen Stoff zu strapazieren oder gar weiter zu verletzen, und nach einer Stunde konnte ich stolz feststellen, dass von der defekten Stelle kaum noch etwas zu sehen war. Zufrieden brachte ich das Kleid zu Sophia.

„Aber es ist doch noch gar nicht gewaschen!", keifte sie. „Und das von Maria auch noch nicht!"

Seufzend gestand ich mir ein, dass ich diesen Auftrag vergessen hatte, nahm das Kleid wieder an mich, holte auch das von Maria und begab mich meinem Schicksal ergeben zum Waschtrog im Hof.

Als die Sonne den tiefen Zenith des Spätwinters überschritten hatte und meine Hände von dem kalten Wasser ganz rot waren, war ich schließlich fertig und legte die wertvollen Kleider vorsichtig zum Trocknen aus. Meine Flickarbeit hatte das Waschen gut überstanden, und ich freute mich schon auf den Moment, da ich meinen beiden hochnäsigen Stiefschwestern ihre Kleider wieder in die ach so zarten Hände drücken durfte. Das würde jedoch bis morgen warten müssen, für heute betrachtete ich meine Arbeit als getan, und bevor mich Loretta mit einem neuen Auftrag behelligen konnte, zog ich mich um und flüchtete mich in den Wald.

Als ich später in der Dunkelheit zurückkehrte, fand ich die Pforte zum Garten zu meiner großen Überraschung verschlossen vor. Was sollte das? Wer hatte denn –? Mir war nie bewusst gewesen, dass es tatsächlich einen Schlüssel dafür gab, geschweige denn, wo er aufbewahrt wurde. Die Mauer erklettern konnte ich nicht, auch wenn ich kurz darüber nachdachte. Oder klemmte die Tür vielleicht nur?

Doch mein Rütteln ließ keinen Zweifel daran, dass sie fest verschlossen war. Da blieb mir wohl nur der weite Umweg über das Dorf.

Auf meinem Weg zum Tor des Ritterguts wurde ich freundlich begrüßt von den wenigen Leuten, die um diese Zeit noch unterwegs waren. So mancher rief mir nachträgliche Glückwünsche für meinen Vater zu, auch der Schmied, dem ich im Vorbeigehen zunickte. Dann hielt ich inne.

„Sagt", wandte ich mich an ihn, „seit wann habt Ihr denn den neuen Lehrling? Er scheint ja nicht von hier zu sein, wie seid Ihr an ihn gekommen?"

Verständnislos sah mich der Schmied an. „Ein neuer Lehrling? Nicht, dass ich wüsste. Ich habe immer noch den alten, auch wenn er so faul ist, dass ich ihn manchmal gerne vor die Tür setzen würde. Aber zum Glück hilft mir mein Hans so gut aus, sonst käme ich gar nicht zurande."

Ich starrte ihn an und überlegte. Hans, der Karren ... also hatte Johann gelogen. Warum? Nachdenklich schüttelte ich den Kopf und ging weiter. Ich wollte nicht darüber nachdenken, dieser fremde junge Mann war mir unheimlich.

Oben am Tor, das zum Glück noch nicht für die Nacht geschlossen worden war, begrüßte mich verwundert die Wache. „So spät noch unterwegs, das Fräulein? Ich habe gar nicht gesehen, wie Ihr hinausgegangen seid."

Ich winkte ab und brachte ein Lächeln zustande. „Ach, es gibt noch andere Wege aus dem Anwesen hinaus. Nur hinein gibt es sie leider nicht."

Auf dem Hof herrschte noch rege Betriebsamkeit. Die letzten Hochzeitsgäste waren abgereist, aber im Fackelschein gab es noch einiges zu tun. Pferdemist und größere Schlammbrocken wurden beiseite gefegt, Heu aus dem Schober geholt, leere Fässer ins Lagerhaus gerollt, und zwei Mägde wuschen sogar jetzt noch Tischdecken, die beim gestrigen Mahl beschmutzt worden waren. Ein paar der neuen Knechte vertrieben sich die Zeit beim Hufeisenwerfen, lachten und grölten und riefen den Mägden am Waschbottich hin und wieder kecke Bemerkungen zu. Ich sah, dass ein Krug die Runde machte, und nahm an, dass es nicht der erste an diesem Abend war.

Als ich an ihnen vorbeiging, fühlte ich plötzlich, wie jemand nach mir griff und eine Hand zudringlich mein Hinterteil berührte. „Was –?" Ich fuhr herum und starrte in mehrere selbstzufriedene Gesichter, von denen natürlich keines verriet, wer der eigentliche

Schuldige war. Ich schnaubte wütend. Bei den Knechten meines Vaters wäre so etwas nie vorgekommen. „Benehmt euch gefälligst!", fauchte ich. „Und behaltet eure Hände bei euch!" Und dann erkannte ich unter ihnen den Knecht, der mir vor zwei Tagen beim Ausräumen des Zimmers meiner Mutter so ungebührliche Blicke zugeworfen hatte, und ich zeigte mit dem Finger auf ihn. „Du!", warnte ich. „Wenn ich dich noch mal erwische …"

„Oh, verzeiht!" Er grinste frech. „Die junge Ritterstochter. Ich hätte Euch fast nicht erkannt!"

„Wie heißt du?", fuhr ich ihn an. „Damit ich nächstes Mal weiß, wen ich anschwärzen muss."

„Falko, edles Fräulein. Stets zu Diensten." Er verbeugte sich spöttisch und erntete von seinen Kameraden johlenden Beifall.

Ich wurde das Gefühl nicht los, zum Narren gehalten zu werden, und so drehte ich mich um und stapfte ohne ein weiteres Wort davon.

Im Eingang stieß ich auf eine sehr zufrieden aussehende Sophia, was mich sofort mit Misstrauen erfüllte. „Mutter will dich sehen", sagte sie. „Sie wartet in der Stube. Du hast mächtig Ärger."

„Na, das freut dich bestimmt", erwiderte ich bissig, um über meine Beklemmung hinwegzutäuschen. Mächtig Ärger wegen eines Ausflugs in den Wald? Natürlich hatte Loretta die Gartenpforte verschlossen, das hätte mir gleich klar sein müssen. Ich seufzte, während ich weiter zur Wohnstube ging, dicht gefolgt von Sophia. Als ob mich dieser Tag mit seinen Auseinandersetzungen nicht schon genug Kraft gekostet hätte.

„Das wurde aber auch Zeit", begrüßte mich Loretta kalt, als ich in die Stube trat. Sie saß in einem bequemen Hauskleid beim Kamin, in dem ein Feuer fröhlich brannte, und trank Tee aus einem fein gearbeiteten Becher, den meine Mutter mit ihrer Heirat ins Haus gebracht hatte. Ich hielt an mich, um ruhig zu bleiben.

„Verzeiht", sagte ich ohne jeglichen Anflug von Reue. „Der Weg über das Dorf hat länger gedauert, als ich angenommen hatte."

„Wie unangenehm das für dich gewesen sein muss." Loretta stellte ihren Becher beiseite und stand auf. „Hatte ich dir nicht verboten, in den Wald zu gehen? Nein? Nun, dann tue ich es jetzt. Den Schlüssel für die Pforte im Garten habe ich sicher verwahrt, du wirst diesen Weg nicht mehr benutzen. Hast du denn heute Morgen nichts von dem gehört, was ich gesagt habe?"

„Ich werde mir doch wohl noch die Beine vertreten dürfen!"

„Natürlich darfst du das", antwortete sie. „In Begleitung und in ordentlicher Kleidung, für die ich mich nicht schämen muss."

„Vielleicht solltet Ihr Euch für Eure Knechte schämen, besonders für diesen Falko", warf ich ein. „Er kann seine Hände nicht bei sich behalten."

„Was?" Loretta lachte gekünstelt. „Unsinn. Er hat dich in deinem Aufzug womöglich für eine Magd gehalten, und das hast du dir selbst zuzuschreiben. Aber ich habe dich wegen etwas anderem rufen lassen." Sie ging zu einem Sessel in der anderen Ecke des Zimmers, und ich sah, dass darauf Sophias Kleid lag, das ich am Nachmittag gewaschen hatte und dessen Stoff an vielen Stellen noch feucht glänzte. Loretta hob es auf und kam damit zu mir. Sie hielt die Stelle am Saum hoch, die ich geflickt hatte, und ich sah, dass anstatt meiner schönen Naht in dem Stoff nun ein noch viel größerer Riss klaffte, der sich eine ganze Armeslänge am Rock hinaufzog und auch den Saum zerstört hatte. Die Stoffränder waren zerfranst und ausgeleiert. Dieses Kleid würde nur mit großen Schwierigkeiten zu retten sein.

Vor Schreck blieb mir die Luft weg und ich starrte auf das zerstörte Gewand. Ich konnte nicht glauben, was ich da sah. Was war passiert, wer sollte denn –?

„Kannst du mir das erklären?", fragte Loretta, und ihre Stimme war eiskalt.

Ich starrte sie an und brachte es gerade noch fertig, den Kopf zu schütteln.

„Nein?", fragte sie. „Das dachte ich mir. Sophia sagt, sie habe nach eurem Streit gesehen, wie du das Kleid absichtlich zerrissen hättest. Dass du so boshaft und rachsüchtig bist, hätte ich nicht von dir gedacht."

„Was?" Meine Stimme klang schwach und brüchig. Das konnte doch nicht sein … Mir dämmerte etwas, und ich drehte mich zu Sophia um. Sie erwiderte meinen Blick mit unverhohlener Schadenfreude, und mir wurde klar, was sie getan hatte.

„Du", stieß ich hervor und lief mit schnell wachsendem Zorn auf sie zu. „Du … Du – du hast das gemacht! Du hast dein eigenes Kleid zerrissen, du hinterhältige –"

„Lüge! Du lügst! Mutter, sie lügt! Ich –" Weiter kam sie nicht, denn ich hatte sie erreicht und mit einem kräftigen Knuff gegen die Schulter nach hinten gestoßen. Sie taumelte rückwärts, suchte erfolglos Halt an einer Stuhllehne, fiel und landete unsanft auf ihrem Hinterteil. Ich sah sofort, dass der Sturz harmlos gewesen war, doch Sophia fing an, gellend zu schreien, als ginge es um ihr Leben, und da war auch schon Loretta hinter mir, riss mich herum und schlug mir ins Gesicht, einmal, zweimal, und ihre Stimme überschlug sich vor Zorn.

„Dass du mir ja nicht wagst, noch einmal meine Tochter anzurühren!" Und um das zu bekräftigen, schlug sie noch einmal zu.

Ich wusste kaum, wie mir geschah, versuchte verzweifelt, ihrer Wut auszuweichen, was mir erst gelang, als mir warmes Blut an der Wange hinunterlief, dort, wo mir Lorettas Ring, den ihr mein Vater gestern geschenkt hatte, die Haut aufgerissen hatte. Mir war schwindelig und ich schnappte nach Luft.

„Sie lügt!", rief ich. „Sophia ist die Lügnerin! Lasst mich los!" Und ich entwand mich ihr mit viel Mühe.

Doch sie ließ nicht ab von mir, erwischte meinen Arm, bevor ich fliehen konnte, und hielt mich mit eisernem Griff fest.

„Na warte", keuchte sie. „Unverschämtes Gör!" Auf einmal hielt sie einen ihrer Pantoffeln in der Hand und schlug mit dessen lederner Sohle wieder zu. Einen Arm riss ich hoch, um meinen Kopf zu schützen, doch die Hiebe trafen auch meine Schultern, meine Arme und meinen Rücken. Ich drehte und wand mich, um ihr zu entkommen, doch sie hielt mich fest, und als sie nach einer gefühlten Ewigkeit wieder von mir abließ, war mein Gesicht nass von Tränen, alles tat mir weh und ich konnte mich gerade noch an der Wand abstützen, um nicht einfach zu Boden zu fallen. Zitternd schob ich mir mein zerzaustes Haar aus den Augen, zuckte zusammen, als ich die Wunde an der Wange berührte, und versuchte, einen klaren Gedanken zu fassen.

Sophia hatte sich bereits wieder aufgerappelt, saß in einem Sessel in sicherer Entfernung und beobachtete mich. Loretta, schon wieder ganz Herrin ihrer selbst, baute sich vor mir auf. „Du bist zu weit gegangen", stellte sie schneidend fest. „Verschwinde auf dein Zimmer, ich will dich nicht mehr sehen. Wage es nicht, mir heute noch einmal unter die Augen zu kommen. Und morgen auch nicht. Ist das klar?"

Ich ließ den Kopf hängen. Zu mehr reichte es auch nicht. Alles tat so weh … Mühsam richtete ich mich auf, zwang meine weichen Knie zur Kooperation und hielt wacklig auf den Ausgang zu. Nur ein paar Schritte noch –

„Ach ja", sagte Loretta, als sei ihr noch etwas eingefallen. „Dein Bogen …"

Nein, dachte ich. Nein, nicht noch mehr, es reicht, bitte … Langsam drehte ich mich zu ihr um.

Sie stand am Kamin und hielt in der Hand meinen Bogen. Müßig fragte ich mich, woher sie ihn haben mochte, aber sie hatte ihn ja in meiner Abwesenheit einfach aus meiner Kammer holen können und das tat ohnehin nichts zur Sache, es war egal, denn –

„Eine Waffe ist kein Zeitvertreib für ein junges Mädchen", sagte sie, streckte ihren Arm betont langsam aus und ließ dann meinen heiß geliebten Bogen einfach so, als sei er ein Stück totes Holz, ins Feuer fallen.

Die Flammen leckten hoch, das geschwungene Holz bog sich und knackte in der Hitze. „Nein, nicht!", schrie ich zu spät und in tiefster Verzweiflung. Allein, meine Beine wollten mich nicht mehr tragen, nicht zum Kamin, überhaupt nicht mehr, und ich fiel auf die Knie, schlug die Hände vors Gesicht und fing an, hemmungslos zu schluchzen.

„Nein", wimmerte ich, „nicht mein Bogen …"

„Bring sie in ihre Kammer", hörte ich Loretta sagen, und zwei kräftige Hände packten mich, zogen mich hoch und schoben mich unsanft zur Tür hinaus. Erst auf dem Gang erkannte ich, dass es Falko war, der mich festhielt, und als ich mich losreißen wollte, ergriff er meinen Oberarm so hart, dass ich vor Schmerzen aufstöhnte, und legte mir seinen anderen Arm fest um die Taille.

„Na, na, wer wird denn da so widerspenstig sein", tadelte er belustigt, und ohne dass ich etwas dagegen tun konnte, führte er mich weiter. Halb trug er mich, halb stolperte ich die enge Stiege zum oberen Stockwerk hinauf, und in meiner Kammer angekommen, stieß er mich auf mein Bett, blieb davor stehen und betrachtete mich von oben herab. „Jetzt liegt sie da", murmelte er, „ganz klein und zahm. Ob sie vielleicht jetzt ein wenig freundlicher zu mir sein wird?" Er beugte sich zu mir herab. „Ein Kuss von diesen roten Lippen vielleicht, oder auch ein bisschen mehr –"

„Danke, Falko, du kannst gehen", ertönte da Lorettas Stimme von der Tür. „Auch wenn sie sonst keine Vorzüge hat, ihre Jungfräulichkeit wird noch dazu dienen, sie gut zu verheiraten."

Ich konnte mich immer noch nicht rühren, starrte nur Falkos Gesicht an, dessen Ausdruck sich von verächtlicher Begierde zu zorniger Enttäuschung wandelte. Ein Alptraum, dies musste ein Alptraum sein …

Schließlich wandte er sich um und ging, und auch Loretta zog sich ohne ein weiteres Wort zurück. Nachdem sie die Tür mit einem lauten Knall geschlossen hatte, hörte ich, wie draußen etwas Schweres davor geschoben wurde. Vermutlich war es die große Kleidertruhe, die auf dem Flur stand. Auf einmal war ich eine Gefangene.

Ich stöhnte und fragte mich, ob eine meiner Rippen wohl gebrochen war. Dann fiel mir mein verbrannter Bogen ein, und mir kamen wieder die Tränen. Warum, fragte ich mich in meinem Elend, warum? Warum passierte mir das, was hatte ich getan, um solchen Schmerz zu verdienen?

Und weil mir darauf keine Antwort einfiel, hörte ich auf, nachzudenken, und weinte mich in den Schlaf.

5

Als ich am nächsten Morgen erwachte, konnte ich meine Augen kaum öffnen, weil sie so geschwollen waren. Ich blieb liegen und konnte nicht umhin, die Vorfälle des gestrigen Tages zu überdenken und aufs Neue von Entsetzen gepackt zu werden. Die Prügel, Sophias Falschheit, mein Bogen und Falko, der sich fast an mir vergriffen hätte … Das alles war so furchtbar, dass ich am liebsten nie wieder aufgestanden wäre.

Da machte sich jemand an der Tür zu schaffen, die Truhe wurde beiseite geschoben, und herein kam eine der neuen Mägde. Sie sah sich ängstlich um, während sie eintrat, und beruhigte sich etwas, als sie sah, dass ich noch auf dem Bett lag und mich nicht rührte. Sie hatte einen Krug Wasser und ein Stück Brot dabei, die sie auf den Tisch stellte, sowie einen leeren Nachttopf, den sie gegen meinen alten austauschte. Hin und wieder warf sie mir einen misstrauischen Blick aus dem Augenwinkel zu, doch ich machte mir nicht die Mühe, ihr einen Grund für ihre Vorsicht zu geben. Die Tür hätte ich in meinem Zustand ohnehin niemals vor ihr erreicht, also blieb ich einfach liegen und sah ihr zu, bis sie sich wieder abwandte und gehen wollte.

„Wie lange soll ich denn hierbleiben?", fragte ich sie und erschrak beim Klang meiner eigenen Stimme, die heiser und fremd klang. Auf einmal wurde mir bewusst, wie durstig ich war.

Die Magd suchte erst Zuflucht im Türrahmen — was glaubte sie eigentlich, was ich ihr tun könnte, fragte ich mich — bevor sie sich umwandte und mir antwortete. „Bis morgen früh, sagt die Herrin. Bis dahin müsst Ihr mit diesem Wasser und dem Brot auskommen." Dann zog sie die Tür hinter sich zu und schob mit lautem Schaben die Truhe wieder vor.

Nun gut. Das würde ich noch aushalten, dachte ich verbissen, erhob mich schließlich von meinem Bett, ging zum Tisch und trank. Mein Kopf dröhnte, und die Stellen meines Körpers, die gestern Bekanntschaft mit Lorettas Hand und Pantoffel gemacht hatten, schmerzten fürchterlich. Das würde vorbeigehen, das wusste ich — doch wie ich fortan mit Loretta und ihren Töchtern und diesem unmöglichen Falko leben sollte, war mir schleierhaft. Ich konnte immer noch nicht glauben, dass mein Leben mit einem Schlag so unerträglich geworden war.

Ich ging zum Fenster, das mein Vater damals, als ich in dieses Zimmer gezogen war, zum Glück hatte vergrößern lassen, damit viel Licht hereinfallen konnte, zog das schwere Tuch beiseite, das es gegen die Kälte abschirmte, und atmete tief die kühle Märzluft ein.

Mein Vater. Wo war er eigentlich? Nahm er das einfach so hin, was mit mir passierte, konnte er nichts dagegen tun? Wollte er es nicht?

Ich sah hinab in den Hof in der irren Hoffnung, meinen Vater dort sehen zu können. Doch alles, was ich sah, waren ein Misthaufen und ein paar Spatzen, die an einer Stelle herumpickten, an der offensichtlich jemand ein paar Getreidekörner verloren hatte. So tief war der Hof unter mir … Ich fragte mich vage, was wohl mit einem Körper passieren mochte, der aus dieser Höhe hinabstürzte. Würden alle Knochen zerbrechen? Der Kopf aufplatzen? Wäre da dann ein großer blutiger Fleck auf den Pflastersteinen …?

Wieder rumorte es an der Tür. Ich wandte mich um, schicksalsergeben, und wartete ab, wer mich wohl diesmal besuchen kommen würde. Zu spät kam mir in den Sinn, dass ich doch zumindest den Schürhaken vom Kamin hätte ergreifen können, falls der, der gleich durch die Tür kommen würde, Falko war – doch da ging sie schon auf, und mir fiel ein Stein vom Herzen, denn herein kam die alte Wirtschafterin Elisabeth.

„Kind, wie Ihr ausseht!", rief sie betroffen aus, als sie mich sah, stürmte auf mich zu und drückte mich an ihren weichen Busen. Und ich, die ich mich auf einmal sicher und geborgen fühlen konnte, musste wieder anfangen, zu weinen. Elisabeth führte mich zum Bett, setzte mich hin, nahm neben mir Platz und legte den Arm um mich.

Irgendwann hatte ich mich beruhigt und lag halbwegs getröstet mit dem Kopf an ihrer Schulter, als sie sich losmachte und aufstand. Sie befeuchtete ein Leintuch, das sie mitgebracht hatte, an meinem Wasserkrug und wusch mir damit behutsam das Blut vom Gesicht und kühlte meine geschwollenen Lider.

„Die Dame Loretta weiß nicht, dass ich hier bin", erklärte sie. „Sie hat es mir natürlich verboten. Aber ich habe gehört, was gestern passiert ist, und ich habe auch zufällig gehört, wie diese Sophia ihrer Schwester stolz erzählt hat, dass sie Euch für ihr eigenes Zerstörungswerk angeschwärzt hat." Sie senkte die Stimme. „Das sind ein paar ganz falsche Frauen, die Euer Vater sich da ins Haus geholt hat."

Ich ergriff dankbar ihre Hand. „Elisabeth, wo ist mein Vater? Weiß er auch, was vorgefallen ist?"

Sie schüttelte traurig den Kopf. „Er weiß nur, was seine Frau ihm erzählt hat, und er glaubt ihr. Als sie ihm dann sagte, sie hätte Euch auf Euer Zimmer gesperrt, da sah er zwar traurig aus, hat ihr aber nicht widersprochen. Und heute ist er den ganzen Tag unterwegs, er musste in die Stadt reiten und ein paar Geschäfte erledigen. Er wird wohl sehr spät zurückkehren. Hier, esst das." Sie zog einen roten Apfel aus ihrer Schürzentasche und reichte ihn mir.

„Danke", flüsterte ich. Mir saß schon wieder ein Kloß in der Kehle. Wenn mein Vater mir nicht glaubte … wer sollte mir dann noch helfen? Ich musste selber mit ihm reden, so bald wie möglich. „Du solltest besser gehen", sagte ich zu Elisabeth. „Ich will nicht, dass sie dich hier findet und womöglich dich auch noch bestraft. Aber sorge dafür, dass sie mich hier morgen nicht vergisst, ja?"

„Das werde ich." Sie nickte mir zu, drückte noch einmal aufmunternd meine Hand und ließ mich dann allein.

Am nächsten Tag wurde es fast Mittag, bis Elisabeth selbst kam, um die Tür meiner Kammer zu öffnen. „Sie hat mich nicht eher gehen lassen", wisperte sie. „Schnell, Euer Vater reitet gleich fort. Wenn Ihr noch mit ihm reden wollt, müsst Ihr Euch beeilen!"

„Danke!", rief ich ihr über die Schulter zu, denn ich stürmte schon die Stiege hinab, so schnell mich meine Beine trugen. Immerhin war mein Gesicht abgeschwollen, und obwohl meine Arme und meine Schultern grün und blau schimmerten, hatten die Schmerzen schon nachgelassen.

Ich eilte direkt hinaus in den Hof, um meinen Vater abzufangen, falls er sich schon im Aufbruch befand, und ich kam keine Minute zu früh. „Vater!", rief ich, und er, den linken Fuß schon im Steigbügel, drehte sich zu mir um, gab die Zügel seinem Knecht und kam mir ein paar Schritte entgegen.

„Carlotta", begrüßte er mich, „du siehst furchtbar aus. War es wirklich nötig, Sophia anzugreifen und dich so mit deiner Stiefmutter zu überwerfen?"

„Vater", klagte ich. „so war das nicht!" Ich wollte mich ihm an den Hals werfen, wollte, dass er mich umarmte und mir sagte, dass alles gut werden würde, wie damals, als ich noch klein und er ein Teil meines Lebens gewesen war. Doch ich blieb stehen und sah ihn nur flehentlich an.

„Willst du mir sagen, du hättest Sophia nicht angegriffen?", fragte er mit erhobenen Brauen.

„Ja", antwortete ich. Und dann: „Nein. Doch, ich habe sie angegriffen. Aber sie hat das Kleid selber – Und mein Bogen, Loretta hat meinen Bogen verbrannt!" Auf einmal brach alles aus mir heraus. „Sie hat mir verboten, in den Wald zu gehen. Und dieser Knecht, dieser Falko … der wollte mir – wollte mir

Gewalt antun! Bitte, Vater, sprecht mit ihr! Sorgt dafür, dass sie nicht mehr so gemein zu mir ist. Und schickt den Knecht fort. Bitte!"

Nachdenklich betrachtete er mich für eine Weile. „Du bist ja ganz durcheinander, Kind. Beruhige dich doch erst einmal, und dann sieht bestimmt alles nicht mehr so schlimm aus. Ich bin sicher, du bildest dir das alles nur ein."

„Nein! Das ist nicht wahr!" Fast hätte ich mit dem Fuß aufgestampft, konnte mich aber gerade noch zurückhalten. Das hätte den Eindruck meines Vaters, ich sei nicht ganz zurechnungsfähig, nur bestätigt. „Bitte, Vater, redet mit ihr!"

Er seufzte, dann nickte er. „Gut. Beruhige du dich, und ich rede mit ihr. Aber nicht jetzt. Ich muss dringend fort, ich sollte schon längst unterwegs sein."

„Heute Abend?"

„Heute Abend wird es wohl zu spät werden", entgegnete er.

„Dann morgen früh", bat ich. „Gleich morgen früh, ja, Vater?"

Er nickte. „Gleich morgen früh. Geh jetzt wieder ins Haus, in deinem dünnen Kleid wirst du dich noch erkälten."

Dann schritt er zu seinem Pferd, saß auf und ritt mit einem Winken davon.

Ich war ausgehungert. In der Küche besorgte ich mir etwas zu essen, denn um nichts in der Welt hätte ich mit Loretta und ihren Töchtern das Mittagsmahl einnehmen wollen.

Und danach: Was tun? Das überlegte ich, während ich mit Brot, Käse und einem Krug verdünnten Weines auf der alten Holzbank beim großen Küchenfeuer saß. Ich durfte ja nicht in den Wald und war nach den Erlebnissen der letzten zwei Tage auch nicht bereit, mich diesem Verbot bereits zu widersetzen. Später vielleicht, ja. Doch fürs Erste mussten sich die Wogen glätten.

Von den Mägden hatte ich erfahren, dass Loretta einige Damen von den benachbarten Gutshöfen für den Nachmittag eingeladen hatte, wohl um damit zu beginnen, ihre neuen Nachbarn kennenzulernen und sich in ihrer Stellung als frisch angetraute Dame von Hohenhain einzufinden. Das hieß, dass in der Küche einige Leckereien zubereitet werden würden. Hier konnte ich mich nützlich machen, ohne Loretta allzu oft zu begegnen.

Und während ich nachdenklich ins Feuer starrte, musste ich wieder an meinen armen Bogen denken. Wie sich das feine Holz in der Hitze verzogen und gebogen hatte … Der Bogen hatte aus zwei Lagen Eibenholz bestanden, eine biegsame, die dafür sorgte, dass er ohne die Gefahr, zu brechen, weit ausgezogen werden konnte – und eine festere Seite, die dafür sorgte, dass der Bogen nach dem Abschuss kraftvoll wieder in seine ursprüngliche Form zurückschnellte und dem Pfeil so Antrieb gab. Diese kunstvolle Arbeit hatte Loretta zerstört, und mein Herz wollte ob dieser sinnlosen Verschwendung schier knacken und splittern, wie der Bogen es im Feuer getan hatte.

Vage fragte ich mich, warum ich nur Trauer, aber keine Rachegelüste verspürte. Aber was sollte ich denn auch tun? Ja, ich hasste meine Stiefmutter, aber ich hatte keine Möglichkeit, ihr irgendetwas heimzuzahlen. Einzig und allein auf meinem Vater lag meine Hoffnung, dass dieser meine Situation vielleicht ändern oder wenigstens mildern könnte – wenn er wollte. Mein Vater war mir in den letzten Jahren fremd geworden. Seit meine Mutter erkrankt war, hatte er sich in sich selbst und seine Lehenspflichten zurückgezogen. Weil er meiner Mutter mit all seinem Geld und all seinen Beziehungen nicht helfen konnte, fiel ihm nichts Besseres ein, als der Hilflosigkeit zu entfliehen, indem er noch öfter verreiste.

Natürlich hatte er mir hin und wieder feine Dinge von seinen Reisen mitgebracht, mal ein Schmuckstück, mal einen Ballen Stoff für ein Kleid, Leckereien oder Spielzeug, für das ich eigentlich schon zu alt war – doch in Wirklichkeit hatte er sich von seiner Frau und mir entfernt, räumlich und seelisch. Er kannte mich nicht mehr, falls er mich je gekannt hatte. Wieso sollte er mir nun in meinen Anschuldigungen gegen Loretta Glauben schenken?

„Unglaublich. Da sitzt sie und rührt keinen Finger!" Ich sah auf, obwohl ich schon wusste, dass es meine Stiefmutter war, die mich da so unsanft begrüßte. Hinter ihr eilte Elisabeth in die Küche, und an ihrem um Verzeihung heischenden Blick in meine

Richtung erkannte ich, dass sie Loretta meinen Aufenthaltsort wohl verraten hatte – doch sicher nicht freiwillig, davon ging ich aus. Ich sah davon ab, zu fragen, wann Lorettas Töchter denn jemals einen Finger rührten, und schwieg.

„Ich habe heute auf dem Markt Fisch kaufen lassen", sagte sie. „Du wirst den Mägden helfen, ihn zu pökeln. Danach kannst du im Backhaus aushelfen."

Ich musste an mich halten, um nicht das Gesicht zu verziehen. Fisch pökeln? Na wunderbar. Der Geruch würde sich in den Haaren und den Kleidern festsetzen, das wusste ich, und mein Magen wollte sich schon beim Gedanken daran umdrehen. Das Backhaus roch immerhin besser, doch die Arbeit dort würde Stunden in Anspruch nehmen, dort war es heiß und anstrengend. Doch mich zu weigern? Unmöglich. Ich wollte nicht schon wieder Schläge oder Stubenarrest erhalten.

So nickte ich nur und stand auf, und da brachten ein paar Knechte auch schon große Tröge mit Fischen herein.

Stunden später wusch ich mir am Brunnen im Hof Salpeter und unzählige Fischschuppen von den Armen. Ich war schmutzig und roch zum Erbarmen, trug eine fleckige Schürze und meine Haare hatte ich mir mit einem alten Tuch aus der Stirn gebunden. Und das war der Zustand, in dem ich Johann zum dritten Mal begegnete.

Ohne einen Laut oder eine andere Vorwarnung stand er plötzlich vor mir, als ich mich umdrehte. Ich erschrak und tat einen hastigen Schritt rückwärts, meine Ferse traf auf die Brunnenwand, ich kippte nach hinten, verlor das Gleichgewicht, fiel – und Johann bewahrte mich vor einem kalten Bad im Brunnen, indem er geistesgegenwärtig meinen Arm ergriff.

„Aua!", rief ich, ich konnte nicht anders: Er hatte mich an einer der Stellen gepackt, die von Lorettas Behandlung noch wund waren.

Sofort ließ er mich los und trat einen Schritt zurück, um mir Raum zu geben. „Verzeiht", bat er. „So fest wollte ich doch gar nicht …"

„Ist nicht so schlimm", sagte ich schnell und winkte ab. „Was machst du hier?"

„Ich bringe die Abgaben von der Mühle." Er wies auf einen Karren mit einem Esel davor, der mit Mehlsäcken beladen war.

„Die Abgaben", wiederholte ich und sah ihn entgeistert an. „Von der Mühle."

„Elf Sack Mehl", bestätigte Johann stolz.

Ich betrachtete ihn argwöhnisch. „Was hat ein Schmiedelehrling, der du ja angeblich bist, mit den Abgaben der Mühle zu tun? Oder hast du dir diesen Wagen etwa auch nur geliehen, wie den von Hans, der das Erz zu seinem Vater bringen wollte? Wie viel hast du dem Müller dafür gegeben, dass er dich mit seinem Wagen und seinem Esel und seinem Mehl hier heraufkommen lassen? Oder lässt du dich etwa von ihm belohnen?"

Der schuldbewusste Ausdruck auf Johanns Gesicht war unbezahlbar, und wäre ich nicht so misstrauisch gewesen, hätte ich gelacht. Ich genoss es von Herzen, ihn in die Enge getrieben zu haben, und ich trat einen drohenden Schritt auf ihn zu – ungeachtet der Tatsache, dass er mich weit überragte. „Was soll das, wer bist du wirklich? Immer treibst du dich in unseren Angelegenheiten herum, bist du vielleicht ein Spion?"

„Also gut …" Er seufzte und breitete beschämt die Hände aus. „Ja, es stimmt, ich bin weder ein Schmiede- noch sonst irgendein Lehrling. Aber wenn ich Euch verraten würde, wer ich wirklich bin, dann würdet Ihr es mir sowieso nicht glauben, oder?"

Ich sah ihn prüfend an und schüttelte dann den Kopf. „Wahrscheinlich nicht."

„Da habt Ihr's. Ist auch nicht so wichtig. Ein Spion bin ich jedenfalls nicht."

Ich rollte mit den Augen und beschloss dann, dass mir seine Gründe egal sein konnten. Im Moment war ich sogar sehr froh über die Ablenkung, die er mir bot. Und dann wurde mir bewusst, welch unansehnliches Bild ich bieten musste. „Bleib mir besser fern, ich rieche nicht besonders gut", sagte ich.

„Das sehe ich." Er grinste, und ob meines fragenden Blickes fügte er hinzu, „Ich meine, gerochen habe ich es auch schon, und ich kann sehen, warum." Er streckte die Hand aus und berührte mein Haar, und obwohl meine Instinkte mich zum Rückzug zwingen wollten, verharrte ich, während Johann vorsichtig eine

Fischschuppe aus meinen Locken befreite. Er platzierte sie auf seiner Fingerkuppe und sah mich darüber hinweg an.

„Da sind noch mehr. Aber für diese hier dürft Ihr Euch etwas wünschen. Und zwar genau … jetzt." Er pustete die Schuppe in die Luft, und als sein warmer Atem mein Gesicht sanft streifte, musste ich an meinen Onkel denken, der so fest an Wünsche glaubte. Diesmal erbat ich mir Erlösung von meiner Stiefmutter und ihren Töchtern.

Als hätte er meine Gedanken erraten fragte er, „Wie kommt es, dass eine Ritterstochter über und über mit Fischschuppen verziert ist? Man könnte meinen, Euer Hochwohlgeboren hätte in der Küche gearbeitet."

Ich schnaubte missmutig. „Ich habe doch gesagt, dass du dir diese Anrede sparen sollst. Im Haus sind drei weitere Hochwohlgeborene, das sind mehr als genug. Ich will nicht mit denen in einen Topf –" Ich brach ab und biss mir auf die Lippen; ich hatte zu viel gesagt. „Wie geht es deinem Arm?", fragte ich ihn in dem lahmen Versuch, ihn auf andere Gedanken zu bringen.

„Gut, danke. Und wie geht es Eurem?" Er sah mich unverwandt an, und ich schlug die Augen nieder. Ich hatte ihn nicht täuschen können.

„Bin hingefallen", murmelte ich und begann, meine bereits trockenen Hände mit meiner schmutzigen Schürze abzureiben.

„Und der Fleck am Hals da, da seid Ihr wohl auch hingefallen? Und das da –" Wieder streckte er den Arm nach mir aus, bremste sich aber, kurz bevor er meine Wange tatsächlich berührte, was ich zu meiner Verwunderung bedauerte. „Ist das auch beim Hinfallen passiert?"

Ich blickte wieder auf und sah in seine grünen Augen, die mich ernst betrachteten und auf eine Antwort warteten. Er sah wirklich gut aus, das stellte ich in dem Moment fest. Und mir war, als könnte er mit diesen Augen durch mich hindurch sehen, also wandte ich mich wieder ab. Wonach hatte er doch gleich gefragt …? Ich wusste es nicht mehr.

„Nun, wenn Ihr sagt, Ihr seid hingefallen, dann wird das wohl die Wahrheit sein. Wer bin ich denn, das Wort einer Rit- einer Frau wie Euch in Zweifel zu ziehen? Sagt mir lieber, wo ich das Mehl abliefern kann, bevor ich mich noch um Kopf und Kragen rede."

Betreten lächelte ich. „Im Backhaus. Da muss ich sowieso jetzt hin, du kannst also gleich mitkommen."

Das schien ihn zu freuen, und gemeinsam gingen wir über den Hof, an den Ställen vorbei und zum Backhaus. Es war aus Stein gebaut, und einer von Vaters Knechten war gerade dabei, den Holzvorrat, der entlang der Südwand des Hauses aufgestapelt worden war, aufzustocken. Er grüßte mich freundlich, warf einen unbeteiligten Blick auf Johann und wandte sich wieder seiner Arbeit zu.

Johann trug das Mehl hinein und ich sah ihm dabei zu, wie er die Säcke mühelos vom Wagen auf seine Schultern hob. Wie viele Jahre er wohl zählte? Zwanzig? Mehr? Viel älter konnte er nicht sein. Ich mochte die Art, wie er sich bewegte, und wie ihm sein fast schulterlanges Haar ständig in die Augen fiel. Wenn es nach mir gegangen wäre, hätte ich ihm den Rest des Nachmittags zuschauen können.

Viel zu schnell jedoch hatte er seine Arbeit beendet, und ich wusste, dass er sich jetzt verabschieden würde. Und das machte mich zu meiner Beunruhigung traurig. Doch es war gut, dass er ging. Er musste nicht mitbekommen, dass ich im Backhaus schuften musste.

Und auf einmal fühlte ich mich bemüßigt, die Fischschuppen zu erklären. „Ich habe in der Küche ausgeholfen", sagte ich ohne Einleitung und ein wenig zu schnell. „Es gab so viele Fische, die alle eingelegt werden mussten. Und damit, äh … die Mägde nichts verkehrt machen, habe ich mitgeholfen. Damit nichts schiefgeht."

Er sah mich an, und um seine Mundwinkel zuckte es. „Das verstehe ich", sagte er. „Ihr müsst Euch vor mir nicht rechtfertigen. Ihr könnt tun und lassen, was Ihr wollt. Es wäre ja auch ungünstig, wenn Ihr nicht auch mal zupacken könntet, wenn Not am Mann ist."

Ich nickte erleichtert. „Richtig. Danke für deine Hilfe. Und jetzt bring diesen Wagen mal schnell zum Müller zurück. Und lass den Esel vorher im Hof trinken."

„Wie Ihr wünscht." Wie bei unserer ersten Begegnung verbeugte er sich, doch diesmal ohne den Spott, diesmal war es ein freundschaftliches Necken. Er wandte sich ab, besann sich dann auf etwas und sah mich noch einmal an. „Wollt Ihr mir denn immer noch nicht verraten, wie Ihr heißt?"

Ich musste lächeln. „Du hast es noch nicht herausgefunden? Jeder im Dorf hätte dir sagen können, wie ich heiße."

„Ich wollte es aber von Euch hören." Treuherzig wartete er, und ich wusste, dass ich ihn diesmal nicht einfach wegschicken konnte.

„Carlotta", sagte ich.

„Carlotta …" Er wiederholte es langsam, als ließe er den Namen genüsslich über seine Zunge rollen.

Ein Schauer durchlief mich, den ich nicht ganz deuten konnte. Was war besonders daran, wie er meinen Namen aussprach, dass es so vertraulich klang, innig gar? Mir war, als hätte ich ihm mit der Preisgabe dieses kleinen Geheimnisses ein Stückchen Macht über mich gegeben: Nun kannte er meinen Namen und konnte damit tun, was er wollte.

Das gefiel mir.

„Auf Wiedersehen, Carlotta", sagte er und ging.

Als ich abends aus dem Backhaus kam, war ich verschwitzt und über und über mit Mehl bestäubt. Es klebte an meinen Händen, meinen Kleidern, in meinem Haar und sogar zwischen meinen Zähnen. Meine Arme schmerzten, dass es fast unerträglich war. Doch ich hatte getan, was Loretta mir aufgetragen hatte, und die Aussicht auf ein warmes Bad entschädigte mich fast für meine strapazierten Muskeln.

Ich holte mir saubere Kleider, fand dann eine unserer Mägde in der Küche und bat sie, mir Wasser für ein Bad zu holen, während ich in unsere Waschstube mit den zwei Zubern ging, sie zu meiner Erleichterung leer vorfand und das Feuer im Ofen entzündete, das mein Badewasser wärmen sollte. Ich war froh, dass ich Loretta nicht über den Weg gelaufen war. Wie anstrengend es doch war, jede Begegnung zu scheuen! Fast fürchtete ich, sie würde mir nicht einmal die Freude eines Bades gönnen, erführe sie davon. Doch dies war immerhin auch mein Heim, und ich war immer noch die Tochter ihres Mannes.

Die Magd kam herein und machte sich an die Arbeit, das Wasser zu erhitzen. Ich begann, mich zu entkleiden. Wie schmutzig ich doch war! Und nach Fisch roch ich immer noch.

Ich träufelte ein paar Tropfen duftendes Öl, welches mein Vater mir einst von einer seiner Reisen mitgebracht hatte, in den Zuber und glitt mit einem wohligen Seufzer in das warme Badewasser. Die Magd half mir, die Fischschuppen aus meinen Haaren zu waschen und rieb mir vorsichtig den Rücken ab. Ich merkte, dass das Ausmaß meiner blauen Flecken sie überraschte und war sicher, dass sie in der Küche schon längst gehört hatte, was vorgefallen war.

Auf einmal öffnete sich die Tür der Badestube, und Lorettas ältere Tochter Maria kam herein. Als sie mich sah, blieb sie überrascht stehen. Ich versteifte mich und starrte sie an, jeden Moment damit rechnend, dass sie anfangen würde, zu zetern oder mir abwegige Vorwürfe zu machen. Doch sie tat nichts dergleichen sondern fing sich gleich wieder, kam herein und befahl meiner Magd knapp, aber nicht unfreundlich, für sie ebenfalls Wasser zu holen.

Als wir allein waren, wanderte Maria ein wenig umher, während ich sie beobachtete. Sie besah sich den Ofen, den zweiten, noch leeren, Zuber, die Mosaike an der Wand, die mein Vater aus einem fernen Land hatte kommen lassen, roch an meinem Öl. Der Duft schien ihr zu gefallen. „Ist das deins? Darf ich das benutzen?", fragte sie mich.

Stumm nickte ich. Die Magd kam herein und brachte noch eine weitere mit. Beide trugen Eimer mit Wasser, und nach kurzer Zeit war auch der zweite Zuber gefüllt. Ich wollte mich zwingen, nicht hinzusehen, als Maria ihre Gewänder ablegte, doch ich konnte meinen Blick nicht von ihr wenden. Ihr Körper war weiß und makellos, an den richtigen Stellen gerundet, und ihre Brüste schienen mir perfekt. Ich unterdrückte einen Seufzer. So würde ich nie aussehen. Meine Hüften waren knochig, meine Brust zu flach, und mein Gesicht wurde verunziert von unzähligen Sommersprossen, die auch im Winter nie ganz verschwanden.

Maria musste meinen Blick bemerkt haben, doch das schien sie nicht zu kümmern als sie in den Zuber stieg. Und selbst diese banale Bewegung vollbrachte sie mit hoheitsvoller Anmut. Ich beneidete sie.

„Mutter hat gesehen, wie du mit diesem fremden Kerl geschäkert hast", sagte sie unvermittelt. „Sie war deswegen aufgebracht, aber weil sie Gäste hatte, konnte sie sich nicht darum kümmern. Ich nehme an, sie wird dir später noch ein paar Worte dazu sagen."

Ich rollte mit den Augen. „Erstens habe ich mit diesem Kerl nicht geschäkert", behauptete ich mit einer Heftigkeit, die mich Lügen strafen musste. „Und zweitens ist er nicht fremd. Ich kenne ihn, er arbeitet im Dorf." Eine Notlüge, dachte ich. Ich wollte Johann nicht in die Fehde mit meiner Stiefmutter hineinziehen. „Bloß weil Loretta ihn nicht kennt, heißt das nicht, dass er fremd ist. Für sie mag er fremd sein, aber das ist vieles andere auch. Sie wird sich damit abfinden müssen, nicht alles sofort zu durchschauen."

„Das kannst du ihr gerne selber sagen, wenn sie dich später darauf anspricht." Marias Ton war ruhig, ihr Blick aber abweisend. Ich konnte es ihr nicht verdenken.

„Verzeih", bat ich sie. „Es ist ja nicht deine Schuld."

Sie nickte und Stille kehrte ein, während der die Mägde uns heißes Wasser nachgossen und Maria sich ihr Haar waschen und kämmen ließ. Sie hatte mein Duftöl benutzt, war aber nicht zu verschwenderisch damit umgegangen. Ich fragte mich, ob es wohl möglich war, mit ihr eine Beziehung aufzubauen – immerhin war sie jetzt meine Schwester, was immer das bedeuten mochte. Ich sann darauf, etwas zu finden, über das wir reden konnten, vielleicht sogar eine Gemeinsamkeit. Mir fiel jedoch nichts ein.

Irgendwann, als ich langsam der Meinung war, wieder sauber zu sein und für den Geruchssinn keine Beleidigung mehr darzustellen, nahm ich all meinen Mut zusammen und fragte Maria: „Verachtest du mich?"

Verwundert blickte sie auf und sah dann schuldbewusst wieder weg. Das war mir Antwort genug, und ich fühlte, wie mir die Schamesröte ins Gesicht stieg. Hatte ich das denn wirklich wissen müssen?

„Warum?", fragte ich. „Was habe ich dir getan?"

Sie seufzte. „Ich verachte dich nicht. Aber ich schäme mich für dich. Du bist jetzt meine kleine Schwester, deswegen will ich dir auch sagen, warum ich mich für dich schäme. Du scheinst dir deiner Stellung nicht bewusst zu sein. Du bist alt genug, um verheiratet zu werden. Stattdessen vertust du deine Zeit mit kindischen oder gewöhnlichen Vergnügungen, gehst in den Wald, schießt mit dem Bogen, plauderst mit Leuten aus dem Dorf, die eigentlich weit unter dir stehen. Wie sollen sie dich da noch als das respektieren, was du bist?"

Ich warf ein, „Mein Vater hat immer gesagt –"

„Dein Vater hat ein paar seltene Ansichten", unterbrach sie mich. „Selten, seltsam, was auch immer. Mutter will deswegen mit ihm reden. Du aber musst erwachsen werden, Carlotta! Durch deine Stellung verdienst du Respekt, also verhalte dich entsprechend. Kein Bauer wird einen Ritter respektieren, nur weil sich der Ritter wie ein Bauer verhält."

Ich überlegte. Irgendetwas an ihrer Argumentation schien mir merkwürdig. Ich war durchaus der Meinung, dass man mich im Dorf respektierte, gerade weil ich nicht auf einem hohen Ross saß.

„Ich glaube, du verwechselst Respekt mit Unterwürfigkeit", sagte ich zu ihr.

„Vielleicht." Sie winkte achtlos ab. „Wahrscheinlich hast du Recht. Ich will ja nicht, dass die Bediensteten freundschaftliche Gefühle für mich entwickeln, sondern ich will, dass sie tun, was ich sage."

Damit wusste ich genug. Maria und ich würden nie einer Meinung sein, und das galt für ihre Mutter und ihre verzogene Schwester noch viel mehr. Obwohl ich nicht wirklich auf Verständnis gehofft hatte, machten mich die Unterschiedlichkeit unserer Ansichten und die Gewissheit, Lorettas Ansprüchen nie genügen zu können, traurig.

Ich stand auf, drehte Maria dabei meinen Rücken zu, ließ mich von meiner Magd abtrocknen und schlüpfte dann in die sauberen Kleider, die ich mir zurechtgelegt hatte. Ich war jetzt sauber und entspannt, zumindest körperlich, und sehr, sehr müde.

„Ich hole mir noch etwas zu essen und gehe dann schlafen", sagte ich zu Maria. „Falls deine Mutter mit mir reden will, kann sie das morgen früh gerne tun."

Ich ging. In der Küche bekam ich Brot, ein großes Stück Käse und einen kleinen Kuchen, der vom nachmittäglichen Gastmahl übrig geblieben war, außerdem einen Krug warmen Bieres. Meine Beute nahm ich mit hinauf in meine Kammer und genoss die Zeit der Ruhe vor dem Kamin. Mir fiel wieder ein, dass mein Vater morgen früh mit Loretta reden würde. Dann würde vielleicht alles einfacher werden. Und dann überlegte ich, welchen Grund sich Johann wohl als Nächstes ausdenken würde, um mich zu besuchen, und mir wurde ganz warm ums Herz. Ich freute mich darauf, ihn wiederzusehen.

Und so, voller Hoffnungen auf den neuen Tag, schlief ich ein.

6

Mit einem Lächeln, das mich an das einer zufriedenen Katze nach erfolgreichem Mäusefang erinnerte, kam Loretta aus dem Arbeitszimmer meines Vaters.

„Du bist dran", sagte sie hämisch zu mir und rauschte davon.

Meine Hoffnungen schwanden, und bedrückt ging ich hinein zu meinem Vater.

„Schließ die Tür", befahl er, „und setz dich."

Ich tat wie geheißen und versuchte, in seinem Gesicht zu lesen, was mir aber nicht gelang.

„Carlotta", sagte er, und mir schwante Unheil. „Carlotta, du darfst deiner Mutter nicht so in den Rücken fallen. Loretta ist –"

„Meine Mutter ist tot!", fauchte ich in plötzlichem Zorn. „Wie könnt Ihr es wagen, sie so zu übergehen und zu vergessen? Niemand kann sie ersetzen. Ich habe keine Mutter mehr!"

Mein Vater fuhr auf. „Himmel noch mal, Kind, hör mir zu und halt den Mund!"

Erschrocken gehorchte ich und machte mich ganz klein auf meinem Stuhl. Ich hatte ihn selten so zornig erlebt, und noch nie war sein Zorn gegen mich gerichtet gewesen. Wie hatte Loretta ihn doch verändert!

Er stand auf, ging zum Fenster, starrte eine Weile hinaus und drehte sich dann zu mir um. „Du bist frech und bockig geworden", sagte er zu mir. Er war schon wieder ruhiger, doch seine Worte klangen deswegen nicht weniger unheilvoll. „Dir fehlt eine feste Hand, die dich leitet. Eine solche konnte ich dir in den Monaten vor und nach dem Tod deiner Mutter nicht geben und das bedaure ich. Nichtsdestotrotz werde ich nicht dulden, dass du so mit mir oder mit deiner Stiefmutter redest, wie du es in letzter Zeit getan hast. Du wirst dich ihrer Führung und Zucht unterwerfen. Du siehst ja, wie gut erzogen ihre Töchter sind. Loretta weiß, was das Richtige für dich ist, sie will nur dein Bestes."

„Mein Bestes!" Fast wäre ich in Gelächter ausgebrochen, hätte mich nicht meines Vaters warnender Blick davon abgehalten.

„Ich will keine Beschwerden mehr über dich hören", sagte er warnend. „Ist das klar?"

„Ja", sagte ich, denn mir war durchaus bewusst, dass er Wichtigeres zu tun hatte, als sich Klagen über seine jüngste Tochter anzuhören. „Darf ich sprechen?"

Er nickte, und ich suchte nach geeigneten Worten, um ihn zu überzeugen. Und fand keine.

Sie behandelt mich viel schlechter als ihre Töchter, wollte ich sagen.

Sie bemängelt Mutters Erziehung.

Sie erwartet Unterwürfigkeit, nicht Respekt.

Sie lässt mich nicht mehr in den Wald gehen.

Sie hat meinen Bogen verbrannt.

Sie lässt mich schuften wie eine Magd, wollte ich sagen, doch ich kannte die Antworten bereits.

Du benimmst dich auch schlechter.

Womöglich hat sie Grund dazu.

Dazu hat sie das Recht.

Es dient zu deinem Besten.

Es dient zu deinem Besten.

Es dient zu deinem Besten.

Stumm schüttelte ich den Kopf. Es war zum Weinen.

„Du hast nichts mehr zu sagen?", fragte er. „Nun gut. Vergiss nicht, was ich dir ans Herz gelegt habe. Ich werde für einige Tage verreisen. Wenn ich wiederkomme, will ich hören, dass du dich gebessert hast. Du kannst gehen."

Ich ging. Ich fühlte mich verraten. Auch meine Mutter hatte er verraten. Diese Frau hatte ihn verhext, und es gab nichts, was ich dagegen tun konnte.

Zu meiner Erleichterung verzichtete Loretta darauf, mir mein gestriges Gespräch mit Johann vorzuwerfen, und enthielt sich auch jedes weiteren Kommentars über das, was im Arbeitszimmer meines Vaters gesagt worden war. Stattdessen gab sie mir eine Handvoll Tätigkeiten auf, die mich den ganzen Tag beschäftigen würden. Und im Gedenken an die Worte meines Vaters tat ich, was sie mir auftrug, ohne Murren, wenn auch ohne große Begeisterung.

So ging es einige Tage. Johann sah ich in der Zeit nicht wieder – falls er auf das Gut kam, so war es wohl immer dann, wenn ich irgendwo beschäftigt war. Auch wollte ich nicht ausschließen, dass Loretta ihn, wäre sie ihm begegnet, fortgeschickt hätte. Wer weiß? Zunächst vermisste ich ihn, stellte er doch nun, da ich nicht mehr in den Wald gehen konnte und auch sonst nie die Gelegenheit erhielt, das Gut zu verlassen, meine einzige Ablenkung dar. Doch nach zwei oder drei Tagen dachte ich immer seltener an ihn.

Ich aß nicht mehr mit den Leuten, die nun meine Familie waren. Ich brachte es nicht fertig, und zum Glück schien es niemanden zu stören. Oft saß ich bei den Mägden in der Küche, hin und wieder auch bei Elisabeth, oder ich nahm die Mahlzeiten in meiner Kammer ein. Die Küche wurde der Ort, an dem ich am meisten Zeit verbrachte, und das war nicht so schlimm, wie ich erwartet hatte. Ich kam gut mit den Mägden aus, und die Knechte verirrten sich selten dorthin. Ich hatte meine Ruhe vor Falko und seinen unangenehmen Freunden. Auch Loretta hielt sich mit Sticheleien zurück, wenn auch die Art, wie sie mir Befehle gab, mich immer noch deutlich spüren ließ, wie sehr sie mich verachtete. Wenigstens ihre Töchter sah ich nur noch von ferne.

Erst am fünften Tag holte mich die harte Wirklichkeit wieder ein. Zum Mittagsmahl wurde ich aus der Küche in die Wohnstube gerufen, man sagte mir, ich solle ein neues Stück Käse und einen großen Krug Bier mitbringen. Nun, es war ja nur eine Frage der Zeit gewesen, bis sie mich zum Bedienen bei Tisch heranziehen würden. Ich unterdrückte die aufsteigende Verbitterung, holte die geforderten Lebensmittel und ging.

„Danke", sagte Maria, als ich den Käse vor ihr auf den Tisch legte, und Sophie fügte hinzu, „Nächstes Mal kannst du ruhig ein bisschen schneller kommen."

Ich ignorierte sie und sah Loretta an. „Ihr wolltet mich sprechen?"

Loretta ließ sich Zeit damit, zu Ende zu kauen, goss sich dann einen Becher Bier ein, trank davon, und würdigte mich schließlich eines kühlen Blickes. „Du wirst aus deiner Kammer ausziehen." Das war keine Bitte, sondern eine Feststellung.

Ich glaubte, mich verhört zu haben. „Wie bitte?"

„Sophia ist immer so kränklich", fuhr Loretta fort. „Sie muss –"

„Ach wirklich? Das wusste ich noch gar nicht", fiel ich ihr ins Wort und starrte Sophia scharf an, die zur Bestätigung der Worte ihrer Mutter ein klägliches Husten fabrizierte.

„Unterbrich mich nicht!", fuhr mich Loretta an. „Dein Zimmer dort oben ist hell und luftig und kann durch den Kamin wunderbar beheizt werden. Diese Umstände werden sicher dazu führen, dass es Sophia bald besser geht. Sie wird heute Abend dort einziehen. Sieh zu, dass du bis dahin deine Sachen dort herausgeräumt hast. Du kannst stattdessen einen der Schränke in der Vorratskammer benutzen."

„Herzlichen Dank." Ich wurde betrogen, das wusste ich, und ich konnte nichts dagegen tun, deswegen bemühte ich mich nicht mehr, höflich zu sein. „Und soll ich in diesem Schrank vielleicht auch schlafen?"

„Nein. Schlafen kannst du in der Küche, dort hältst du dich doch sowieso die meiste Zeit auf. Du kannst auf der Holzbank beim Kamin schlafen, oder meinetwegen auch in der Asche."

Ich starrte sie an, wütend wie schon seit Tagen nicht mehr, doch ich wusste, dass ich mir mit Widerworten nur Schläge oder andere Bestrafungen einhandeln würde. So drehte ich mich um und ging ein paar Schritte auf die Tür zu, doch dann hielt ich es nicht mehr aus und wandte mich wieder an Loretta.

„Bitte sagt mir doch – was hofft ihr, das ich durch diese Maßnahme lernen soll? Gute Manieren und hoheitsvolles Auftreten können es ja kaum sein. Was ist es dann? Gehorsam? Demut?"

Loretta hatte mich bereits vergessen und sich wieder ihrem Teller zugewandt. Nun sah sie mit erhobenen Brauen auf. „Dass du Worte wie Demut und Gehorsam überhaupt kennst, wundert mich. Geh wieder an die Arbeit. Dein Vater hat mir einen Boten gesandt, dass er in drei Tagen nach Hause zurückkehrt. Er wird deinen zukünftigen Bräutigam mitbringen. Für ihn muss das Haus sauber sein und ein Begrüßungsmahl vorbereitet werden."

Hätte sie mich grundlos mit der flachen Hand ins Gesicht geschlagen, ich hätte nicht betroffener sein können. Mein Bräutigam? Ich fühlte, wie mir die Knie weich wurden. Schnell drehte ich mich um und floh, und erst draußen im Flur holte ich tief Luft, stützte mich an der Wand ab, damit ich nicht fiel, und fühlte ein Schluchzen in mir aufsteigen. Nein, nicht … Nicht einfach verheiratet werden. Ich war doch keine Ware, über die nach Gutdünken bestimmt werden konnte!

Doch, mahnte mich eine innere Stimme. Genau das war ich.

Ich arbeitete. Ich wusch, ich putzte, ich kochte. Stunden vergingen, ohne dass ich es bemerkte, nachts lag ich in eine Decke gehüllt schlaflos auf der Bank in der Küche, und als ich am dritten Tag vor Müdigkeit kaum noch gehen konnte, war endlich alles zu Lorettas Zufriedenheit. „Und nun nimm ein Bad", wies sie mich an, „parfümiere dich, zieh das rote Kleid an, das du von Maria bekommen hast, und lass dir das Haar flechten. Du wirst zurückhaltend und höflich sein, nur dann sprechen, wenn das Wort direkt an dich gerichtet wird, und einen tadellosen Eindruck machen."

Ich tat alles, wie sie sagte. Im Badezuber schlief ich fast ein und schreckte erst hoch, als ich mit meiner Nase unter Wasser gerutscht war. Und als sich Elisabeth mit ihrer unendlichen Geduld an meinen Haaren zu schaffen machte, die seit einer Woche keinen Kamm mehr gesehen hatten, da fing ich schon wieder an, zu weinen, und nicht nur wegen des Schmerzes, den mir das Rupfen des Kammes an den verworrenen Strähnen bereitete.

„Ich will nicht heiraten", schluchzte ich. „Ich will nicht. Nicht ihn. Und nicht so schnell. Ich will, dass Vater mir zuhört, wenn ich mich beklage, und ich will, dass er mir glaubt! Und ich will – ich will, dass diese Hexe mit ihren zwei Töchtern auf Nimmerwiedersehen verschwindet! Ich –"

„Ihr wollt vor allem jetzt aufhören, Tränen zu vergießen", sagte Elisabeth streng. „Denn Ihr müsst nachher schön aussehen, sonst wird Loretta Euch ihre Enttäuschung spüren lassen."

„Schön aussehen!" Ich schnaubte. „Ich werde nie schön aussehen. Schön aussehen, das können ihre Töchter! Aber nicht ich …"

„Still jetzt!", fuhr mich Elisabeth an, und vor Schreck gehorchte ich. Sie wusste genau, wie sie mir den Kopf zurechtrücken konnte. „So ist's schon besser. Und behaltet immer im Gedächtnis: Wenn Ihr heiratet, dann könnt Ihr von hier fortgehen. Dann seid Ihr Herrin Eures eigenen Haushalts, und niemand kann Euch mehr herumkommandieren."

Ich stutzte. Daran hatte ich noch gar nicht gedacht. Aber fortgehen?

Andererseits: Was hielt mich denn hier? Niemand.

Doch … da war noch dieser geheimnisvolle Fremde mit den schönen Augen. Den würde ich vermissen. Aber vielleicht nicht allzu lange …

„Du hast wie immer Recht, Elisabeth", sagte ich zu ihr. „Danke für deine Hilfe. Auch den heutigen Abend werde ich wohl durchstehen. Nur sei du bitte immer in meiner Nähe, damit ich weiß, dass ich nicht allein bin."

Sie versprach es, und ich wusch mir die Tränen vom Gesicht, tupfte zwei Tropfen Duftöl in meine Halsbeuge und harrte der Dinge, die da kommen mochten.

Sie kamen am frühen Abend, als das Mahl bereitet und meine Augen nicht mehr gerötet waren. In einer Reihe hatten wir uns im Hof aufgestellt, erst Loretta, dann Maria, dann Sophia, dann ich. Meister Bonifaz war, seit ich ihn vor einigen Jahren das letzte Mal gesehen hatte, noch mehr in die Breite gegangen. Entsprechend müde wirkte sein Pferd. Er verbeugte sich vor der Hausherrin, hob ihre Hand an seine Lippen und wandte sich dann uns Töchtern zu.

„Eine Ehre", murmelte er, während er hingebungsvoll Marias Bekanntschaft schloss, dann Sophias, doch als er zu mir kam, hatte seine Leidenschaft bereits nachgelassen, und ich war es zufrieden. „Die dritte Tochter. Euch kenne ich ja schon, es freut mich, Euch wiederzusehen. Wollt Ihr mir wohl zeigen, wo ich einen Becher Wein bekommen kann?"

„Das Essen ist bereits angerichtet", flötete Loretta und ging voraus in die Stube, während Vater einen Knecht anwies, Meister Bonifaz' Gepäck ins Gästehaus zu bringen.

Zu meiner Beruhigung hatte Elisabeth die Aufgabe übernommen, dafür zu sorgen, dass alle Becher stets gefüllt waren; so würde sie den ganzen Abend über mit uns im Raum sein, und das schenkte mir ein Gefühl der Sicherheit. Trotzdem gab mir Loretta durch Gesten und mahnende Blicke zu verstehen, dass ich meinem zukünftigen Ehemann einzuschenken hatte. Was ich auch tat, während mir von ihm allerdings keine Beachtung zuteil wurde, denn er machte Sophia gerade ein Kompliment über ihre schönen blonden Haare. Ich sah außerdem, dass seine Augen hin und wieder tiefer glitten. Vor allem Maria hatte es ihm in der Hinsicht angetan, denn ihr blaues Miederkleid war tief genug ausgeschnitten, um eines jeden Mannes Phantasie anzuregen. Mir war das nur recht. Ich wäre froh gewesen, hätte er mich keines einzigen Blickes gewürdigt.

Am Tisch entspann sich ein fröhliches Gespräch. Nachdem mein Vater und Meister Bonifaz die ganze Reise über Zeit gehabt hatten, Gespräche über Politik und den Handel zu führen, drehte sich nun alles um das Rittergut, um den bevorstehenden Frühling mit seinen Festen und Feiertagen und um alles, was hinreichend oberflächlich war, um ungezwungene Unterhaltung zu fördern. Lorettas Gesicht leuchtete auf, als Meister Bonifaz ihr von einem seltenen Stoff erzählte, der ihre Augen um ein Vielfaches erstrahlen lassen würde und den er bei einem Tuchhändler gesehen hatte, mit dem er zufällig vor wenigen Wochen Freundschaft geschlossen hatte. An der gutmütig leidenden Miene meines Vaters las ich ab, dass Loretta demnächst ein Kleid aus diesem Stoff tragen würde, wenn sie meinem Vater zugetan bleiben sollte. Fast hätte ich bei dem Gedanken gekichert.

Und zwischen Sätzen wie „Ich wollte schon immer einmal sehen, wie hier auf dem Land gefeiert wird", was offensichtlich bedeutete, dass er sich von Vater ein rauschendes Verlobungsfest wünschte, und „Mein Sekretär ist ein sehr fähiger Mann, ich kann ihm das Geschäft bedenkenlos für längere Zeit überlassen", was wiederum hieß, dass wir ihn eine lange Zeit nicht mehr loswerden würden, überschüttete er Lorettas Töchter mit Komplimenten.

Maria genoss es, aber sie wusste auch, damit umzugehen. Elegante Tändeleien, unverbindliche Erwiderungen, aber freundliche Ermutigungen, sein Glück wieder und wieder zu versuchen. Solche Unterhaltungen hatte ich bisher nie führen müssen, war ich doch immer noch zu jung gewesen. Auf einmal verstand ich, weshalb Loretta so viel Wert auf die feinen Umgangsformen ihrer Töchter legte. Und beide beherrschten sie perfekt, obwohl Meister Bonifaz seine mehr plumpen als gewandten Bemühungen hauptsächlich Maria angedeihen ließ.

Einen kurzen Moment jedoch ließ sich Meister Bonifaz ablenken, als mein Vater ihm für den morgigen Tag eine Treibjagd ankündigte. „Damit wir zur Feier der Verlobung genug Wildbret und hoffentlich einen saftigen Wildschweinbraten haben."

„Oh!" Meister Bonifaz spitzte die Ohren, welche mich an die eines kleinen Schweins erinnerten. Die Wirklichkeit der Tatsache, dass ich diesen Mann heiraten sollte, war noch nicht zu mir durchgedrungen.

„Ich habe noch nie gejagt", fuhr der Meister begeistert fort, „ich hoffe, Ihr könnt mir ein dafür geeignetes Reittier zur Verfügung stellen, mein alter Klepper käme mit der Aufregung nicht zurecht. Außerdem hoffe ich, Euer Reittier kann mich tragen!" Und er schlug sich auf die Schenkel und brach in schallendes Gelächter aus, in das mein Vater und Loretta zuvorkommend einstimmten. Selbst Maria und Sophia verzogen höflich die Lippen. Ich hingegen rollte mit den Augen, begegnete dann jedoch Elisabeths mahnendem Blick und wandte mich schuldbewusst meinem Bräutigam zu.

„Unser Wald ist besonders im Frühling einen Besuch wert", sagte ich freundlich und vermied sorgfältig, Loretta dabei anzusehen. „Ihr werdet diese Jagd in guter Erinnerung behalten, dessen bin ich mir sicher. Ich freue mich auf die Geschichten, die Ihr mir danach erzählen könnt." Natürlich war das eine Lüge, doch Meister Bonifaz würde das nie merken.

„Geschichten? Du wirst mitkommen!", befand mein Vater jovial.

Überrascht sah ich ihn an. „Ich habe keinen Bogen", sagte ich wehmütig und erschrak, als Meister Bonifaz plötzlich wieder anfing, laut zu lachen.

„Einen Bogen? Aber nein, meine Liebe, Ihr sollt nicht mit uns reiten, um zu jagen! Nein, Ihr seid einzig und allein dafür da, uns Glück zu bringen und schön auszusehen." Seltsamerweise ruhte sein Blick dabei nicht auf mir, sondern auf Maria, und er fragte, „Werden Eure anderen Töchter uns ebenfalls begleiten, Herr von Hohenhain?"

Oh fein, dachte ich. Vielleicht heiratet er sie, nicht mich.

„Wenn Ihr es wünscht", versicherte ihm mein Vater.

Doch da machte ihm seine Frau einen Strich durch die Rechnung. „Oh nein, das wird leider nicht gehen", stellte sie mit fast überzeugendem Bedauern fest. „Maria und Sophia haben nicht die robuste Kondition ihrer Schwester –" Die Missbilligung mir gegenüber, als sie dies sagte, konnte oder wollte sie nicht verstecken, „– ihnen könnte etwas passieren. Sie sind ja erst seit Kurzem hier und hatten noch nicht genug Zeit, so reiten zu lernen, wie es sich für eine ordentliche Jagd gehört. Verzeiht, aber dieses Mal werden sie Euch nicht begleiten können. Vielleicht in einigen Wochen."

Reiten lernen, um auf die Jagd zu gehen? Maria und Sophia? Niemals. Nie würden die beiden wie ein Mann auf dem Rücken eines Pferdes sitzen oder in der Lage sein, durch Wasser und Schlamm zu reiten, Ästen auszuweichen oder gar Hosen zu tragen, die das Reiten so viel einfacher machten. Loretta war eine glatte Heuchlerin, und ich war sicher, ihr wahrer Grund lag darin, dass sie unbedingt verhindern wollte, dass Meister Bonifaz' Vorliebe für Maria ein Ausmaß annahm, das ihre sorgfältig angelegten Pläne, mich loszuwerden, durchkreuzte.

Ich hingegen konnte mein freudiges Strahlen kaum unterdrücken. Ein Ausritt in den Wald! Selbst ohne Bogen würde das eine wunderbare Fluchtmöglichkeit von der täglichen Schufterei bieten, und dafür nahm ich mit Freuden Meister Bonifaz' gewichtige Anwesenheit in Kauf. Ich konnte es kaum erwarten.

Und nicht einmal die Tatsache, dass ich nach dem absolvierten Begrüßungsmahl wieder mein schmutziges Hemd anzog und mich beim Kamin in der Küche zum Schlafen niederlegte – auch nicht die zahlreichen Becher Wein, die sich insbesondere Meister Bonifaz zu Gemüte geführt hatte, die schlechten Witze und das darauffolgende laute Gelächter von meinem Bräutigam und die vielen mahnenden Blicke von Loretta – nicht einmal das brachte mich davon ab, den morgigen Tag und den Ritt in den Wald herbeizusehnen.

7

Ich fand meine Kleider nicht.

Ich war sicher, dass ich die Hosen und das Lederwams in meinen Schrank in der Vorratskammer geräumt hatte, doch sie waren nicht da. Und als ich schließlich eine Magd danach fragte, bestätigte sich mein drohender Verdacht.

„Die Herrin hat sie genommen, schon vor ungefähr einer Woche."

„Die Herrin", wiederholte ich tonlos.

„Sie hat sie verschenkt", erklärte die Magd. „Wusstet Ihr das nicht?"

Ich schüttelte den Kopf. Nein, ich hatte das nicht gewusst, doch selbst wenn ich es gewusst hätte, ich hätte nichts dagegen tun können. In mir keimte plötzlich die verlockende Vorstellung auf, meine Hände um Lorettas Hals zu legen und ganz langsam zuzudrücken. Doch heute blieb mir nichts anderes übrig, als meinen weitesten Rock anzuziehen, ein grobes Leinenhemd und eine wollene Tunika, damit ich auch ohne Hosen genug Bewegungsfreiheit hatte und nicht fror, und damit ich schon gar nicht wegen meiner fehlenden Hosen auf den Damensitz angewiesen war. Dennoch fühlte ich mich um den Genuss eines freien Tages in den Wäldern zumindest teilweise betrogen. Diese Hexe.

Trotzdem setzte ich einen Ausdruck unbeirrbarer Zuversicht auf mein Gesicht, ließ meine Locken ungekämmt über meine Schultern fallen – wenigstens in dieser Hinsicht würde ich gegen Loretta rebellieren, und ich mochte es, wenn der Wind im vollen Galopp durch mein Haar fuhr – und ging hinaus in den Hof, wo sich die Jagdgesellschaft schon zum Aufbruch rüstete.

Vater hatte noch einige seiner Bekannten aus der näheren Umgebung zur Jagd geladen, die Hunde zerrten und zogen aufgeregt an ihren Leinen, die Pferde stampften und Loretta hauchte ihrem Gemahl anmutig einen Kuss auf die Wange, um ihm für die bevorstehende Hatz Glück zu wünschen.

Obwohl es inzwischen April geworden war, versprach der klare Morgen einen wunderschönen Tag ohne Wolken oder gar Regen. Kalt war es, aber trocken, und uns würde im Laufe der Jagd noch warm genug werden, das wusste ich.

Meister Bonifaz schien erstaunt, mich nicht im Damensattel zu sehen, gab aber keinen Hinweis darauf, ob ihm das missfiel. Ich vermutete, dass es ihm recht egal war – genauso egal, wie ich selbst ihm wohl war. Mich kümmerte das nicht. Ich ließ mir den Wind um die Nase wehen und genoss die frische Luft.

Als der erste Hirsch erlegt wurde – ein sauberer Wurf meines Vaters mit dem Jagdspieß, nachdem die Hunde das Tier eingekreist hatten –, da juckte es mir jedoch in den Fingern und es nagte an mir, dass ich auch den Rest des Tages untätig zusehen sollte, wie die Männer warfen, schossen und trafen, und nichts weiter als Beiwerk sein sollte. „Vater", sagte ich in einem unbeobachteten Moment leise zu ihm, „werde ich je wieder einen Bogen erhalten?"

Doch er sah mich nur kurz an und wurde einer Antwort enthoben, weil tiefer im Wald ein Horn schallte und wir reiten mussten: ein Eber!

Der Rest des Tages verlief in ähnlicher Manier, wie er begonnen hatte. Obwohl der Eber sich wütend gegen die Jäger wehrte, wurde niemand verletzt, nur einer der Hunde hatte einen Stoß des Tieres abbekommen und war so schwer getroffen, dass er noch im Wald getötet werden musste. Außer dem Eber wurden noch einige Hirsche und Rehe geschossen, auch einige Kaninchen, die eine schmackhafte Suppe ergeben würden. Die Jagd hatte sich gelohnt.

Ich hingegen war, als es auf den Nachmittag zuging, immer trübseliger geworden. Mehr als einmal hatte ich gegen den verlockenden Gedanken kämpfen müssen, mein Pferd einfach von den anderen fort und in den weiten Wald hinein zu lenken. Dorthin zu reiten, wo niemand mich finden würde und ich aller Pflichten und der ungewollten Heirat enthoben wäre. Doch das war Unsinn. Wie weit würde ich alleine schon kommen? Ohne Bogen würde mich spätestens der Hunger wieder zur Zivilisation treiben, und selbst wenn mich dort niemand erkennen sollte, war ich doch als Frau schutzlos und unmündig und im ungünstigsten Fall sogar Freiwild.

Nein, aus meiner Lage konnte ich mich auf diese Weise nicht befreien. Eine andere Lösung musste her. Das hatte ich beschlossen, als mir klar wurde, dass all dieses Wild für meinen Bräutigam und mich erjagt wurde, für eine Feier, die mich ihm vor den Augen aller versprechen würde. Von einem Hochzeitstermin hatte noch niemand gesprochen, doch ich wusste, dass auch dieser nicht mehr allzu fern liegen konnte, und mir schauderte. Mir vorzustellen, mit diesem alten Mann, der immer nach Schweiß roch, wie ich festgestellt hatte, der selber über seine Witze am lautesten lachte und der sich mit dieser Verlobung offensichtlich weniger mich als eine Beziehung zum Herrn von Hohenhain erkaufen wollte, die Ehe zu vollziehen – nein, daran konnte ich nicht denken. Angewidert schüttelte ich mich.

Aber wie konnte ich dieser Verlobung entfliehen? Ich wusste es nicht. Nur ein Wunder würde mich retten können, und Wunder schienen mir nicht zu passieren. Ganz im Gegenteil. Was sollte ich nur tun?

Traurig folgte ich der Gesellschaft, als wir schließlich den Weg zum Gut antraten, doch nicht einmal meinem Vater fiel auf, dass ich weiter und weiter zurückfiel. Und da, als die restlichen Männer schon durch das Tor in den Hof verschwunden waren und ich gerade erst die Steigung zum Tor hochreiten wollte, da sah ich Johann, wie er lässig an einer Hausecke lehnte, auf einem Grashalm kaute und einen Strohhut tief ins Gesicht gezogen hatte. Hätte er nicht in dem Moment, als ich ihn sah, den Kopf gehoben, ich wäre blind an ihm vorbei geritten.

Vorsichtig stellte ich sicher, dass mich vom Tor aus niemand beobachtete, lenkte mein Pferd in die Lücke zwischen zwei Häusern und stieg ab. Wie erhofft war mir Johann gefolgt.

„Wartest du auf mich?", fragte ich ihn und wünschte mir von ganzem Herzen, er würde ja sagen.

„Hatte nichts Bessres zu tun", antwortete er, doch sein Lächeln strafte ihn Lügen. Wie froh ich doch war, ihn zu sehen!

„Erfolgreiche Jagd gehabt, wie? Wo ist denn Euer Bogen? Habt Ihr Angst, noch einmal auf den Falschen zu schießen?"

„Ha!", stieß ich bitter hervor und musste dann innehalten, denn ein dicker Kloß saß mir plötzlich in der Kehle. Ich holte tief Luft. „Meinen Bogen gibt es nicht mehr. Ich war heute nur zur Verzierung mit unterwegs."

Johann runzelte die Stirn. „Aha. Euer Vater hatte ja einige Freunde dabei. Plant er schon wieder ein Festmahl?"

Ich nickte grimmig. „In der Tat. Zur Feier meiner Verlobung." Ich beobachtete sein Gesicht, als ich diese Neuigkeit verkündete, und wurde enttäuscht. Seine Züge verrieten weder Zorn noch Ernüchterung, nicht einmal Überraschung. Nichts, er war völlig ungerührt. Aber was hatte ich auch erwartet? Ich wusste ja gar nicht, was er von mir wollte, ob er überhaupt etwas für mich empfand. Umso wütender wurde ich beim Gedanken an meine bevorstehende Hochzeit.

„Hast du den breiten Kerl gesehen, der neben meinem Vater ritt? Das ist er, Meister Bonifaz, ein sehr reicher Goldschmied. Den soll ich heiraten."

„Hm." Johann blickte nachdenklich ins Leere und kaute auf seinem Grashalm herum. Ich wartete, doch als er nichts sagte, wurde ich ungeduldig.

„Wolltest du etwas Bestimmtes von mir?", fragte ich ihn. „Denn wenn nicht – ich muss weiter. Wahrscheinlich werden sie bald anfangen, nach mir zu suchen."

Seine grünen Augen sahen mich an, als hätte ich ihn aus weiter Ferne zurückgeholt. Mir war es gleich. Er konnte mir nicht helfen, schien es nicht einmal zu wollen. Ich durfte hier keine Zeit mehr verschwenden, sonst würde Loretta den Freigang, den sie mir heute gewährt hatte, bereuen, und ich käme bald überhaupt nicht mehr über das Hoftor hinaus.

„Dann solltet Ihr gehen." Johann lächelte schwach. „Aber lasst Euch nicht unterkriegen."

Ich antwortete nicht, wandte mich auch ohne Gruß ab und schwang mich wieder auf mein Pferd. Während ich den ansteigenden Weg zum Hoftor hoch ritt, fragte ich mich, warum mich seine mangelnde Reaktion auf meine baldige Verlobung so wütend machte. War er mir tatsächlich wichtiger, als ich es mir eingestehen wollte? Und vor allem: War er mir tatsächlich so viel wichtiger als ich ihm?

Das Festmahl nach der Jagd verlief wie alle anderen dieser Art, und nicht einmal die Tatsache, dass mein Bräutigam uns mit seiner Anwesenheit ehrte, änderte etwas daran. Er behandelte mich weiterhin, als sei ich Luft, wenn Maria im Raum war. Erst, als er ebenso wie die anderen Gäste und sogar mein Vater dem Wein mehr als reichlich zugesprochen hatte, und nachdem Maria vor den zotigen Bemerkungen und alkoholgeschwängerten Annäherungsversuchen geflüchtet war, würdigte er mich, die ich auf Befehl meines Vaters bleiben musste, eines Blickes.

„Fräulein Carlotta." Seine Stimme schwankte leicht, ebenso der Finger, den er über die Tafel hinweg auf mich richtete. „Ihr seht aus wie Eure Mutter, wie Ihr so dasitzt und Euch unwohl fühlt. Ihr fühlt Euch doch unwohl, nicht wahr? So viele Männer und Ihr ganz allein. Ihr seid ja noch so jung. Wisst Ihr überhaupt, wie das mit Männern und Frauen funktioniert?"

„Funktioniert! Haha!" Der Mann, der neben Meister Bonifaz saß, ein Freund meines Vaters, lachte laut los, als hätte er einen guten Witz gehört. „Wenn es denn immer funktionieren würde!"

Alle, die um uns herum saßen, waren nun köstlich amüsiert, und ich wusste nicht, was ich antworten sollte. Hilfesuchend blickte ich zu meinem Vater, doch auch er hatte ein Grinsen auf dem Gesicht und glasige Augen – von ihm konnte ich keine Unterstützung erwarten. Also schwieg ich und hoffte, dass dieser Kelch an mir vorübergehen möge.

„Sie antwortet nicht!", prustete Meister Bonifaz, begleitet vom weinseligen Gekicher der anderen. „Sie wird ganz rot und hält den Mund, wie es sich für ein züchtiges Mädchen gehört. Mal sehen, ob sie im ehelichen Schlafzimmer auch noch so züchtig ist!" Beifall heischend sah er sich um und erhielt bestärkende Zurufe von allen Seiten. Daraufhin lehnte er sich in seinem Holzsessel zurück, schenkte mir ein Grinsen, das ohne die unverhohlene Anzüglichkeit fast sympathisch gewesen wäre, mir stattdessen aber leichte Übelkeit verursachte, und schlief von einem Moment auf den anderen ein.

Mir reichte es. Falls mein Vater sich morgen früh noch an meinen vorzeitigen Abschied erinnern sollte, konnte er mich ruhig bestrafen – nichts würde mich noch an dieser unmanierlichen Tafel halten. So entschuldigte ich mich, sagte, ich hätte Kopfschmerzen, und bevor mein Vater widersprechen konnte, verließ ich den Festsaal und flüchtete mich zu meiner Holzbank in der Küche.

Die nächsten Tage verliefen gleichförmig und ohne große Vorkommnisse. Mein Vater und Meister Bonifaz zogen sich oft für lange Gespräche in das Arbeitszimmer meines Vaters zurück und kamen Stunden später immer mit mehr oder weniger zufriedenen Gesichtern wieder heraus. Ich glaube, sie berieten über die Konditionen des Brautvertrags, was ich mit einem mulmigen Gefühl im Magen beobachtete. Ich wünschte mir, sie könnten sich nicht einigen und Meister Bonifaz würde wieder abreisen.

Immer seltener beachtete er mich, ich war wie Luft für ihn. Stattdessen wandte er sich immer mehr Maria zu, machte ihr kleine Geschenke, wenn er glaubte, dass niemand hinsah, flüsterte ihr Dinge ins Ohr, die ihr ein höfliches Lachen entlockten, und machte auf ganzer

Linie deutlich, wie viel er von ihr hielt und wie wenig von mir. Mir war es recht, meinem Vater hingegen gefiel das ganz und gar nicht, sodass er immer öfter Ausritte anberaumte, zu denen er meine Schwestern nicht mitnahm, ich aber ihn und Meister Bonifaz begleiten musste. Doch auch das war mir recht. Diese Ausritte waren jedes Mal ein Fest für mich, die ich vor Arbeit kaum aus noch ein wusste und jede Möglichkeit an der frischen Luft von Herzen genoss. Natürlich dachte ich bei diesen Ausritten – und auch sonst – oft an Johann und hielt heimlich Ausschau nach ihm, doch bis auf einmal, als ich seinen Strohhut unter einer Menge von Leuten zu erkennen glaubte, sah ich ihn nicht mehr.

Nach einigen Tagen schienen die Vertragsverhandlungen um mich, die zu übereignende Ware, heftiger zu werden. Ein oder zweimal wurden aus Vaters Arbeitszimmer Stimmen laut und Meister Bonifaz kam mit mürrischem Gesicht aus dem Raum gestapft, Vater folgte ihm einige Zeit später. Eines Abends schließlich, als Meister Bonifaz schon fast zwei Wochen bei uns weilte, beschäftigte ich mich spät im Kaminzimmer mit einer Stickerei, die mich zu Tode langweilte, die ich aber laut Lorettas Anweisung auf das Sorgfältigste auszuführen hatte, damit mein Bräutigam sehen konnte, welch geschickte Finger ich hatte und wie tüchtig ich war.

Meister Bonifaz und mein Vater saßen am Kamin und nippten am Branntwein, als seien sie die besten Freunde, doch ich konnte spüren, dass sie miteinander nicht zufrieden waren. Sie sprachen über dies und das, waren jedoch beide einsilbig und starrten oft ins Feuer.

Ich konnte sehen, dass Meister Bonifaz etwas auf dem Herzen hatte, und machte mir einen Spaß daraus, mich statt auf meine langweiligen Stickerei darauf zu konzentrieren, wie oft Meister Bonifaz Luft holte und zum Sprechen ansetzte, um dann mut- und wortlos wieder den Kopf zu schütteln.

Schließlich jedoch, als ich schon fast nicht mehr damit gerechnet hatte, sprach er. „Sagt, äh …", begann er, ohne meinen Vater anzusehen, „ist Eure älteste Tochter bereits jemandem versprochen?"

Mein Vater ließ sich mit der Antwort Zeit, zog bedächtig an seiner Pfeife und atmete den würzigen Rauch dann langsam aus.

„Ihr habt lange gebraucht, um diese Frage zu stellen", sagte er schließlich kühl. „Aber wir haben eine Abmachung, und das wisst Ihr sehr gut."

Meister Bonifaz' Antwort fiel ebenso kühl aus. „Unsere Abmachung ist bislang nur mündlicher Natur, da wir uns über die Vertragsbedingungen nicht einigen können. Folglich habe ich nichts unterschrieben und bin nicht an unsere Pläne gebunden."

Erstaunt stellte ich fest, dass meine Anwesenheit sie überhaupt nicht zu kümmern schien. Insbesondere Meister Bonifaz war es offensichtlich gleich, ob er mich durch seine offene Ablehnung beleidigte. Und wieder hoffte ich, ihn nicht heiraten zu müssen.

Eisern sagte mein Vater: „Ihr bekommt diese Tochter oder keine."

So schnell ließ sich Meister Bonifaz jedoch nicht abfertigen. „Ihr versteht doch sicher – das Mädchen ist ganz hübsch, aber kein Vergleich zu ihrer Schwester. Der Preis, den ich für Carlotta zahlen soll, ist in Anbetracht ihres Aussehens und ihrer Manieren viel zu hoch."

Ich erwartete, dass mein Vater ob dieser Beleidigung aufspringen und Meister Bonifaz heftig zur Rede stellen würde, doch nichts dergleichen geschah. Stattdessen seufzte er. „Das ist es also, was Ihr wollt? Deswegen seid Ihr ein so zäher Verhandlungspartner. Meine Tochter ist Euch den Preis nicht wert, auf den wir uns vorläufig geeinigt hatten."

„Richtig", sagte Meister Bonifaz.

Ich verbarg mein hochrotes Gesicht, indem ich meinen Kopf tief über meine Stickerei senkte. Und diesen Mann sollte ich wirklich heiraten? Einen, der so schlecht von mir dachte?

„Also schlagt Eure Bedingungen vor, endgültig", forderte ihn mein Vater auf.

Der Preis, den Meister Bonifaz nannte, beschämte mich, doch mein Vater, scheinbar seinem Schicksal ergeben, nickte nur.

„Ich werde das entsprechende Dokument morgen vorbereiten. Ich schlage vor, dass wir die Verlobung in einer Woche feiern, das gibt uns genug Zeit, das Fest vorzubereiten. Und könnt Ihr Euch mit einer Hochzeit zu Pfingsten anfreunden?"

Meister Bonifaz nickte, und die zwei Männer reichten sich die Hände. Dann sagte mein Vater, „Noch etwas: Meine Tochter Maria steht Euch für Zeitvertreib und Schmeicheleien künftig nicht mehr zur Verfügung. Bitte haltet Euch an Eure Verlobte. Sie wird ihr

Möglichstes tun, um Euch trotz ihres Aussehens und ihrer Manieren zufriedenzustellen." Nur ich, die ich ihn schon seit Langem kannte, hörte den leichten Anflug von Spott in seiner Stimme.

„Das will ich hoffen", sagte daraufhin Meister Bonifaz mit einem Ton, der mir nicht gefiel. Aber mir gefiel in diesem Moment überhaupt nichts, denn einfach so hatten diese Männer über mein Leben bestimmt und darüber, dass es mit meiner Freiheit in sechs Wochen vorbei sein sollte. Dann würden sie mich diesem Geizhals ins Bett legen, mein Vater konnte die damit gewonnenen Goldstücke zählen, und Loretta wäre mich los.

8

Nachdem der Termin der Verlobung bekanntgemacht worden war, schien es meinem Vater leichter ums Herz zu sein. Auch Loretta war die nächsten Tage weniger verächtlich zu mir. Ich vermutete, sie war froh darüber, mich in absehbarer Zeit verabschieden zu können. Ich brannte darauf, Johann wiederzusehen, doch das war mir nicht vergönnt. Er kam nicht mehr auf unser Gut, und ich war mit den Vorbereitungen für das Verlobungsfest so eingespannt, dass ich nicht mehr hinaus konnte. Alleine hätte ich es ohnehin nicht gedurft, doch auch die Ausritte mussten nun ohne mich stattfinden.

Mein Vater erhielt ein Glückwunschschreiben vom Königshof, und mir gratulierten alle möglichen Leute, die mein Vater zur Vorbereitung traf, Händler, Handwerker, andere Geschäftspartner, von denen ich die meisten gar nicht kannte. Das alles half aber nicht, dass ich mich besser fühlte, auch nicht Elisabeths aufmunternde Fürsorge, der ich hin und wieder ein Stück Kuchen oder eine freie Stunde zu verdanken hatte, die ich immerhin im Gemüsegarten verbringen konnte.

Das Kleid, welches ich tragen sollte, wurde eigens für mich angefertigt: Ein Traum aus feinstem Leinen und Samt in verschiedenen Grüntönen, der mein Herz jedoch nicht zu rühren vermochte. Als mir Elisabeth am Tag der Feier dabei half, das Kleid anzulegen, vergoss ich wieder einmal Tränen.

„Nicht doch", versuchte sie, mich zu trösten, „Bitte, Herrin, weint doch nicht. Man wird es Euch ansehen! Was soll denn Euer Verlobter von Euch denken?"

„Das ist mir egal!", schniefte ich, „und noch ist er nicht mein Verlobter!"

Arme Elisabeth. Sie wusste, dass sie mich nicht zur Vernunft bringen konnte, also schwieg sie, tupfte mir mit einem kühlen nassen Tuch die Tränen vom Gesicht und nahm den harten Kampf mit meinen Haaren auf.

Zwei Stunden später war ich fertig herausgeputzt. Fein gekleidet, die Haare gebändigt und unter einem leichten Schleier verborgen, nach Rosenöl duftend und geschmückt mit den Juwelen meiner Mutter fühlte ich mich wie ein Häufchen Elend.

Mein Vater kam, um nach mir zu sehen und mich zur Zeremonie abzuholen. Er schaute mich eine Weile an. „Du siehst sehr hübsch aus", sagte er dann, und, „Mach mir keine Schande." Daraufhin hätte ich gleich wieder weinen können, doch ich riss mich zusammen. Er sollte wenigstens heute stolz auf mich sein können.

Die Verlobung selbst war ein kurzes Erlebnis. Im Rosengarten hatten sich eine Menge unserer Verwandten und von Vaters Freunden und Handelspartnern versammelt, die eine Gasse bildeten, durch die Vater mich führte. Am Ende der Gasse, unter einem Rosenbogen, stand Meister Bonifaz und wartete. Auch er trug Samt und wirkte in seinen teuren Kleidern nicht einmal unansehnlich, stattlich sogar. Trotzdem konnte ich ihm nicht in die Augen sehen. Ich wollte ihn nicht und er mich auch nicht, er nahm mich nur wegen der Geschäftsbeziehungen und meines Erbes wegen, und nichtsdestotrotz würde ich seine Kinder gebären müssen, um ihm wiederum Erben zu verschaffen.

Mein Vater ging gemessenen Schrittes, doch ich wollte noch langsamer sein. Mir war, als sträubten sich meine Füße von selber gegen die Richtung, in die sie geführt wurden, und ich zögerte immer mehr, bis mein Vater meine Hand schließlich so fest packte, dass es schmerzte, und mir aus dem Mundwinkel ein „Wir haben nicht den ganzen Tag Zeit!" zuzischte.

Als wir Meister Bonifaz erreichten, verbeugte sich dieser vor mir, und ich erwiderte seine Verbeugung mit einem Knicks. Dann flüsterte Vater mir zu, ich solle die Hand ausstrecken, und Meister Bonifaz nahm sie und schob mir einen Ring darauf, einen goldenen, mit einem Rubin darin, der in der Sonne des frühen Nachmittags glitzerte und funkelte. Ich hatte noch nie ein so wertvolles Schmuckstück besessen und konnte den Blick kaum davon abwenden, und so war ich völlig überrascht und überrumpelt, als Meister Bonifaz sich auf einmal vorbeugte und seine wulstigen Lippen im Verlobungskuss auf die meinen drückte.

Ich riss die Augen auf und wäre fast zurückgewichen, doch da war der Kuss auch schon vorbei und die Zuschauer fingen an, uns hochleben zu lassen.

Das Gesinde hatte inzwischen ein Fässchen Wein aufgebaut und verteilte diesen nun an die Gäste. Man reichte auch Meister Bonifaz und mir von dem starken, süßen Getränk, und man trank auf uns, klopfte ihm auf die Schulter und wünschte mir Glück, und dann schritten wir zum Festmahl.

Ich genoss den Tag, und zwar aus dem einzigen Grund, dass Loretta mir keinerlei Anweisung gab oder geben durfte. Ich musste nichts tun, sondern konnte mich von vorne bis hinten bedienen und verwöhnen lassen, und das kostete ich in vollen Zügen aus. Sogar Maria und Sophia taten so, als seien sie nett zu mir, obwohl es sie sichtlich Überwindung kostete, wie ich schmunzelnd feststellte.

Meister Bonifaz ließ mir – abgesehen von den obligatorischen Trinksprüchen auf die Verlobung und die bevorstehende Hochzeit und die eine oder andere kleine Aufmerksamkeit – nicht mehr Interesse zuteilwerden als sonst auch. Trotzdem hatte man mir eingeschärft, den Tag über nicht von seiner Seite zu weichen, und so blieb ich bei ihm, hörte mir sein lautes Lachen und seine zotigen Witze an, reichte ihm Becher um Becher Wein, die er mit zunehmend unsicherer Hand und abnehmender Höflichkeit annahm, hörte mir mit ihm die Barden und Spielleute an, besah mit ihm die Gaukler und Possenreißer und saß auch weiter neben ihm, als er irgendwann mit dem Kopf voran auf den Tisch fiel und laut zu Schnarchen anfing.

Ich schämte mich für ihn. Auch wenn die meisten der anwesenden Herren es ähnlich hielten und sich keinerlei Zwängen und Hemmungen unterwarfen, schämte ich mich, und mir graute davor, mit diesem Mann den Rest meines Lebens zu verbringen.

Irgendwann brachten sie ihn ins Gästehaus und legten ihn dort in sein großes Bett. Einer der Freunde meines Vaters konnte es nicht unterlassen, mir lallend zu erklären, dass ich in wenigen Wochen in diesem Bett meine Unschuld verlieren würde, und ich wandte mich angewidert ab und fragte meinen Vater, ob ich ein wenig an die frische Luft gehen könnte.

Ich glaube, er hörte mir gar nicht zu, denn er war damit beschäftigt, Loretta Dinge ins Ohr zu flüstern, die sie kichern und beschämt erröten ließen, aber immerhin bedeutete er mir durch ein abfälliges Winken seine Zustimmung, und ich wartete nicht, bis jemand anders mich zurückrufen konnte.

Draußen sog ich die kühle Nachtluft ein wie eine Ertrinkende, und mir wurde bewusst, wie warm und stickig es im Festsaal gewesen war. Ich stand in einen Mantel gehüllt auf dem Hof und starrte in den sternenklaren Himmel hinauf. Doch keine Sternschnuppe wollte mir heute einen Wunsch gewähren; das Firmament starrte ungerührt auf mich herab, als wolle es mir erklären, dass dort droben alles egal war, was wir kleinen Menschen planten und taten, und dass ich hier unten auf mich allein gestellt war.

Und während ich so dastand und in den Himmel hinaufsah, fiel mir ein, dass ich heute Geburtstag hatte. Heute wurde ich siebzehn Jahre alt.

„Alles Gute, Carlotta", flüsterte ich, und fragte mich, ob wohl meine Mutter von dort oben auf mich herabsah und mir dasselbe wünschte.

Am nächsten Tag nahm mein Vater meinen Verlobten mit auf einen Ritt über unsere Ländereien, der die beiden den ganzen Tag beschäftigen würde. Leider nahmen sie mich nicht mit, und als hätte ich die Zeit des Müßiggangs von gestern nachzuholen, ließ mich Loretta ohne Unterlass schuften, sodass ich schon am frühen Nachmittag vor Müdigkeit fast umgefallen wäre. Erst musste ich die Rest des gestrigen Festmahls versorgen, den Mägden dabei helfen, aus diesen Resten ein üppiges Mahl für die Gäste zuzubereiten, die nach der gestrigen Feier den Nachhauseweg nicht hatten antreten können, dann musste ich waschen, im Backhaus helfen, putzen, Holz holen und Maria und Sophia beim Baden helfen, ihnen die alabasterfarbenen Rücken schrubben und die Haare waschen.

Danach waren meine Kleider nass, meine Hände schrumpelig und ich war verschwitzt, und als Loretta den Moment verpasste, mir gleich eine weitere Aufgabe zu geben – man hätte meinen können, dass wir überhaupt kein Gesinde hatten, so viel, wie ich tun musste – floh ich in den Hof und in die Sonne, die ihren Weg hinter den Stall gefunden hatte, wo es zum Backhaus ging und wo mich vom Haupthof niemand sehen konnte. Hier setzte ich mich auf eine Bank und hielt meine Nase in den leichten Wind, der nach Frühling roch.

Und hier ging Johann sorglos und unaufmerksam an mir vorbei, als er mit dem Karren und dem Esel des Müllers, unschuldig pfeifend, zum Backhaus gehen wollte.

„Und was hättest du gemacht, wenn ich nicht zufällig hier gesessen hätte?", rief ich ihm hinterher, bevor er meine Ecke des Hofs gen Backhaus verließ. Er fuhr herum, und ich grinste triumphierend. „Endlich hab ich einmal dich erschreckt, und nicht andersherum!"

„Edl- Carlotta!", sagte er überrascht und so laut, dass ich schnell einen Finger auf meine Lippen legte.

„Schnell, bring das Mehl weg und komm dann zurück", bat ich ihn, „ich werde solange hier warten."

Er nickte und verschwand, und nach wenigen Minuten stand er wieder vor mir. Den Esel band er an einen der Pfosten, die sonst für die Pferde verwendet werden, und setzte sich schwungvoll neben mich auf die Bank. „Wie geht es Euch heute an diesem wunderschönen Tag?"

Ich verzog das Gesicht, obwohl ich mich in seinem Frohsinn sonnte wie nach einem langen Winter. Ich starrte auf meine Hände, deren Haut sich langsam wieder glättete. „Gut, an sich. Abgesehen davon, dass ich seit gestern verlobt bin."

Stille kam von Johanns Seite, und ich schaute ihn nicht an. Ich wollte nicht wieder sehen, wie wenig ihn diese Neuigkeit beeindruckte. Aber ich wollte es ihm auch nicht so leicht machen, deswegen sagte ich nichts und wartete.

Schließlich sagte er: „So früh schon", und die Betroffenheit in seiner Stimme ließ mich erstaunt aufblicken. Die unverhohlene Bestürzung in seinem schönen Gesicht und den grünen Augen entschädigte mich für die scheinbar ewig lange Zeit, während der ich ihn vermisst hatte.

Langsam nickte ich. „Die Hochzeit ist für Pfingsten angesetzt. Und ich –" Ich zögerte. Ich wollte ihm mein Herz ausschütten, doch – nein, ich wollte nicht nur das. Ich wollte mich an ihn lehnen und von ihm getröstet werden, doch das war absurd. Ich kannte ihn doch immer noch nicht!

Trotzdem beschloss ich, offen mit ihm zu sprechen. Wenn er es nicht ertragen wollte, konnte er ja gehen, dann wüsste ich immerhin, woran ich mit ihm war. „Ich will ihn nicht heiraten. Ich mag ihn nicht einmal. Er ist … grob und manchmal vulgär, obwohl er an sich sehr höflich sein kann und von gutem Stand ist. Und weil ich niemals einen adligen Ehemann finden werde, muss ich ihn heiraten, alle Formalitäten sind schon erledigt, und außerdem muss ich arbeiten bis zum Umfallen, das sagt meine Stiefmutter, damit ich lerne, mich zu benehmen und keine Dummheiten mehr anstelle.“

Johann zog ob meines Ausbruchs eine Augebraue hoch und schenkte mir ein verwirrtes Lächeln. „Dummheiten? Was für Dummheiten?“

„Leute im Wald zu erschießen, zum Beispiel“, sagte ich, und er musste trotz meiner Unwettermiene lachen. „Ich meine es ernst!“, schalt ich ihn halb wütend, halb belustigt. „Sie hat meinen Bogen verbrannt, stell dir das vor. Sie behandelt mich, als wäre ich eine Magd oder sogar eine Sklavin, ich darf das Gut nicht mehr verlassen …“ Ich brach ab und seufzte. „Und alles nur, weil ich angeblich von meiner Mutter die falschen Anlagen und die falsche Erziehung erhalten habe.“

Johann schien nicht recht zu wissen, ob er verständnisvoll nicken oder verständnislos den Kopf schütteln sollte. Schließlich tat er keins von beiden, sondern sagte nachdenklich: „Ich denke, die falsche Erziehung liegt im Auge des Betrachters. Eure Stiefmutter ist sicher sehr streng und legt viel Wert auf einen guten Eindruck – womit sie sicher Recht hat, aber so verliert der Mensch doch das, was ihn menschlich macht: die Unvollkommenheit. Und was die falschen Anlagen angeht – was genau meint Eure Stiefmutter damit?“

Ich wurde rot und begann wieder, meine Hände zu betrachten. „Nun … ich bin widerspenstig, frech und ungehorsam. Das scheint in meiner Natur zu liegen, oder zumindest scheint es so zu sein, seit mein Vater wieder geheiratet hat. Und sieh mich doch an, und dann sieh ihre zwei bildschönen Töchter an. Ich habe kein blondes glattes Haar, keine schönen blauen Augen, keine kräftige schöne Figur, keine makellose Haut, sondern tausend Sommersprossen, ich bin zu klein geraten …“

„Ist ja gut, ist ja gut!“, unterbrach Johann mich lachend, „Das ist ja kaum auszuhalten! Ist das Selbstmitleid, was ich da von Euch vernehme? Glaubt Ihr das alles etwa wirklich?“

Ich sah ihn an. „Du nicht? Es gibt doch wohl kaum Zweifel. Sieh mich doch an!“

„Das sagtet Ihr bereits, und ich folge Euren Worten.“ Auf einmal hatte Johann eine ganz weiche Stimme, und als er mich ansah, musste ich nach kurzer Zeit den Blick abwenden, denn in seinen Augen lag etwas, das mir Angst machte und mir gleichzeitig das Blut in die Wangen steigen ließ. Mein Magen fühlte sich plötzlich an, als wohne ein Haufen Ameisen darin.

Hinter dem Stall wurden Stimmen laut, und ich sprang erschrocken auf. Niemand sollte Johann hier finden! „Komm, schnell", drängte ich ihn, zog ihn am Ärmel hoch und zur hinteren Tür des Stalls hinein. Dort war eine Ecke, in der wir das Heu lagerten, und sie war vom Rest des Stalls durch eine Querwand getrennt, sodass man nur hineinsehen konnte, wenn man direkt davor stand. Dorthinein zog ich Johann, und er folgte ohne Widerspruch, und er folgte mir sogar noch, als ich ihn schon losgelassen hatte und einen sittsamen Abstand zwischen uns bringen wollte, und erst als hinter mir die Stallwand war und ich nicht weiter zurückweichen konnte, hielt er eine halbe Armeslänge von mir entfernt inne. Und ich ließ es geschehen, denn diese Ameisen, die ich spürte – die waren gar nicht so unangenehm.

Johann streckte die Hand aus, ganz langsam und vorsichtig, und legte sie an meine Wange. Seine Berührung durchfuhr mich wie ein Feuer, und ich sah zu ihm auf, in seine grünen Augen, hielt sogar den Atem an, als hätte ich Angst, die kleinste Bewegung könne seine Berührung vergehen lassen.

„Ich sehe Euch an", sagte er sanft, „und ich sehe eine Schönheit. Ich sehe Augen, die mich an die eines Rehs erinnern, und eine Figur, die nicht dazu gemacht ist, ihre Tage mit Sticken und anderen Nichtigkeiten zu verbringen, sondern durch Wälder zu streifen und Abenteuer zu bestehen. Ich sehe Sommersprossen, die Euch einzigartig machen, und –" Er schmunzelte, „ich sehe Haare, die die Freiheit lieben. So wie ich. Ich liebe die Freiheit, deshalb bin ich hier. Eines Tages werdet Ihr das verstehen. Für mich seid Ihr wunderschön."

„Du auch", hauchte ich. Mir war auf einmal schwindelig. „Du bist –" Und ich brach ab, denn mir wurde klar, was ich gerade gesagt hatte. Und doch erschien es mir nicht falsch. Ich schlug die Augen nieder, bewegte mich aber immer noch nicht. Ich wollte, dass er nie seine Hand von meiner Wange nahm.

„Was bin ich?" An seiner Stimme hörte ich, dass er lächelte.

Ich holte tief Luft, um Mut zusammeln und die richtigen Worte zu finden. „Du machst mir das Leben leichter. Ohne deine Besuche wäre ich schon längst verzweifelt. Ich bin einsam, wenn du nicht da bist. Du bist das Beste, was ich je im Wald geschossen habe."

Er lachte, und obwohl ich mir der Tatsache bewusst war, dass ich etwas ziemlich Dummes gesagt hatte, war es mir egal, denn seine Augen liebkosten mich, und dann nahm er mein Gesicht in beide Hände, beugte sich zu mir hinab und gab mir einen vorsichtigen Kuss auf den Mund.

Und als hätte er nicht gespürt, wie ich ihm entgegengekommen war, zog er sich leicht zurück und sah mich an, als wolle er nachträglich fragen, ob er die Erlaubnis dazu hätte. Ich musste lächeln und zog ihn an mich, und er küsste mich wieder. Und diesmal war es eine süße Ewigkeit, die es dauerte, bis er sich behutsam losmachte und einen Schritt zurücktrat.

„Ich will Eure Nachsicht nicht über Gebühr strapazieren", sagte er lächelnd. „Ich habe mir bereits zu viel herausgenommen."

Ich schüttelte den Kopf, atemlos und glücklich. „Niemals. Aber bitte – sprich mich nicht mehr so an, mit ‚Ihr' und ‚Euch'. Ich bin nicht besser als du, schau dir nur diese Kleider an und meine groben Hände. Ich bin auch nur noch eine Magd."

„Aber die schönste Magd, die ich kenne", flüsterte er, kam wieder zu mir und drückte mich an sich. „Deine Kleider sind mir egal", murmelte er, während er mein Haar zärtlich durch seine Finger gleiten ließ und dann sein Gesicht darin barg. „Sie können nicht verbergen, wer du wirklich bist. Nämlich die wunderbare Carlotta."

Ich gab mich seinen Armen hin. Das war mir so fremd – seine Berührung und seine überwältigende Nähe, aber ich liebte seinen Geruch und seine Stimme, ich wollte, dass er mich nie wieder losließ.

Trotzdem tat er es. „Ich muss gehen", sagte er wehmütig. „Ich muss zurück, und ich kann auch kaum verantworten, dass ich dich dazu verleitet habe, allein mit mir im Heu – du weißt schon." Er zwinkerte keck um sein Bedauern zu überspielen.

Ich seufzte. „Ich muss auch wieder hinein, fürchte ich … Wann kommst du wieder?"

„Ich weiß es nicht, leider. Ich komme, sobald ich kann." Zum Abschied nahm er meine Hand, führte sie an seine Lippen und küsste sie, während er mir einen Blick zuwarf, der mich erröten und verschämt lächeln ließ.

„Ich freue mich darauf", sagte ich und sah ihm nach, als er zur Tür hinausging und mir zum Abschied zuwinkte. Den Esel band er los, setzte sich auf den

Karren und schnalzte mit der Zunge, und ich konnte den Blick nicht von ihm wenden, von seinem Gesicht, seinen Händen, seinem Rücken, als er in Richtung Hoftor fuhr … und als ich ihn nicht mehr sehen konnte und mich umwandte, erblickte ich Falko, der in der Tür des Stalls stand, aus der wir gerade gekommen waren, und mir einen Blick zuwarf, der voller Hochmut verriet, dass er uns belauscht oder vielleicht sogar beobachtet hatte.

9

Nichts geschah. Ich wartete darauf, dass Falko mich verraten oder mich mit seinem Wissen über Johann und mich erpressen würde, doch er machte keinerlei Anstalten dazu. Er warf mir nur in den nächsten Tagen hin und wieder einen finsteren Blick zu, der mich ständig auf der Hut vor weiteren Gemeinheiten sein ließ. Ich konnte kaum glauben, dass die Sache kein Nachspiel haben sollte, doch als ich am dritten Tag immer noch unbehelligt von Falko oder Loretta war, entspannte ich mich ein wenig.

Doch trotz meiner Angst vor Enthüllung war ich, seit Johann mich nach dem Kuss verlassen hatte, wie auf Wolken gegangen. Keine Aufgabe, und sei sie noch so schwer, schreckte mich, denn die stumpfe Arbeit mit den Händen gab mir genug Zeit, um in Gedanken in seinen Armen zu verweilen. Kein Tadel und kein Spott verletzten mich, denn nur das zählte, was Johann über mich gesagt hatte. Und er würde wiederkommen.

Ich war glücklich. Bis sein Brief kam.

Auf feinem Pergament war er geschrieben, das merkte ich direkt, als ihn mir Hans, der Sohn des Schmieds, mit den geflüsterten Worten „Vom Lehrling des Müllers" heimlich beim Brunnen in die Hand drückte. Die Schrift war schön und ebenmäßig; er musste den Brief diktiert haben, denn wie sollte jemand wie er lesen und schreiben können? Doch weshalb schwer erarbeiteten Lohn für ein so teures Trägermaterial ausgeben, wenn es eine alte Lederhaut genauso getan hätte?

All diese Überlegungen entfielen mir jedoch, als ich seine Worte las:

Verehrte Carlotta,

hiermit muss ich Euch untertänigst um Verzeihung bitten. Meine Annäherung an Euch, eine verlobte Frau, war mehr als unangebracht. Sie war respektlos und aufdringlich. Bitte vergebt mir. Seid versichert, dass ich Euch nie wieder auf diese sträfliche Art und Weise belästigen werde. Eure Ehre ist mir zu erhaben, als dass ich sie weiterhin mit meiner Anwesenheit beschmutzen möchte.

Hochachtungsvoll
Johann

Mir schien, als sei die Frühlingssonne ein Stückchen dunkler geworden. Natürlich hatte es so kommen müssen, ich wusste es ja selbst. Ich würde ihn mir aus dem Kopf schlagen müssen, doch wie? Meine Fröhlichkeit war mit dieser Nachricht aus meiner Welt gewichen. Was sollte mich denn jetzt noch aufrechterhalten?

Der Brief passte nicht zu ihm, zu seiner Redeweise und seinem übermütigen Wesen. Aber was sollte das schon heißen? Hatte er sich nicht jedes Mal, da ich ihn sah, als etwas anderes ausgegeben?

Er war meiner überdrüssig geworden. So schnell also, so unstet war seine Aufmerksamkeit mir gegenüber gewesen. Zum Glück hatte ich ihm nur einen Kuss geschenkt, nicht mehr.

Mit einem traurigen Seufzer zerknüllte ich das Stück Pergament und warf es in den Brunnen. Am liebsten wäre ich hinterher gesprungen.

Ein Bote des Königs brachte uns wenige Tage später einen Brief, und während Maria, Sophia und ihre Mutter aufgeregt um meinen Vater herumflatterten, als dieser das Siegel des Dokuments brach, hielt ich mich im Hintergrund, an den Brunnen gedrückt, eine Hand auf dem Rand des Schöpfeimers, damit ich jederzeit behaupten konnte, ich sei im Begriff, Wasser zu holen.

Vater las vor, und während die drei Frauen neben ihm schon nach den ersten Worten anfingen, aufgeregt zu gackern und zu kichern, fuhr er unbeirrt fort, und auch laut genug, dass ich hören konnte, was gesagt wurde.

Eine Einladung an den Königshof für den morgigen Abend war das, die an verschiedene Höfe und Burgen der Umgebung ging. Eine Einladung zu einem Fest am Hof, einem großen Ball zur Feier des beginnenden Frühlings – ein seltsamer Grund, so schien es mir, doch wer war ich, diesen in Frage zu stellen? –, und kommen sollten alle Familien mit bislang unverheirateten Töchtern. Tanz und Musik sollte es geben, ein Festmahl und allerlei Zeitvertreib, und gewünscht wurde das Fest von Prinz Johann, dem Sohn des Königs, der vor Kurzem aus der Fremde zurückgekehrt war.

„Na, wenn das nichts für meinen Stall schöner Frauen ist!", sagte mein Vater gutmütig lachend und empfahl sich, da er selbst auch einige Briefe zu schreiben hatte.

„Ich wette meinen Diamantring", sagte Loretta strahlend zu ihren Töchtern, „dass der Prinz auf Brautschau ist und deswegen diesen Ball veranstaltet!"

Unglücklicherweise war das der Moment, in dem sie mich am Brunnen erspähte. „Carlotta!", rief sie, und ihre Stimme klang auf einmal schneidend. „Komm her."

Ich folgte und ging zu ihr. Der Blick ihrer zwei Töchter war sicherlich genauso erwartungsvoll wie der meine. Was wollte sie?

„Carlotta." Den Brief des Königs hielt sie zusammengerollt in der Hand wie einen erhobenen Zeigefinger. „Diese Einladung gilt selbstverständlich nicht für dich. Du bist ja schon so gut wie verheiratet."

Ein weiterer Schlag ins Gesicht. Die Hoffnung, die ich kaum zu hegen gewagt hatte, verging. Meine Enttäuschung muss offensichtlich gewesen sein, denn Loretta ließ es dabei nicht bewenden.

„Du hast doch nicht ernsthaft geglaubt, du könntest mitgehen, oder? Mit deinen schlechten Kleidern und schlechten Manieren. Ein Glück, dass Meister Bonifaz sich deiner trotzdem annehmen will. Uns wirst du auf diesem Ball jedenfalls nicht durch deine Anwesenheit beschämen. Außerdem, welchen Eindruck würde es denn bei deinem Bräutigam hinterlassen, wenn du einer Einladung für unverheiratete Frauen nachgingst? Das wäre geradezu beleidigend ihm gegenüber. Nein, du wirst schön hierbleiben und dafür sorgen, dass Meister Bonifaz sich willkommen fühlt."

„Und wie stellt Ihr Euch das vor?", fragte ich niedergeschlagen und verkniff mir den Zusatz ‚mit meinen schlechten Manieren'.

Loretta lachte unbekümmert auf. „Lass dir etwas einfallen! Unterhalte dich mit ihm, reite mit ihm aus, lass dir von ihm Geschichten erzählen und lass ihn vor allem spüren, dass du ihn bewunderst! Das wirst doch selbst du wohl zustande bringen, oder?"

Sophia lachte schadenfroh bei diesen Worten. „Armes Mädchen. Wie wenig du doch weißt."

„Wenn du ihn schon nicht mit deinem Aussehen bezaubern kannst", warf Maria ein, „dann vielleicht immerhin mit Schmeicheleien und hingebungsvoller Nähe."

Ich verzog das Gesicht. Hingebungsvolle Nähe! Nur über meine Leiche. Nach einer Woche von Meister Bonifaz' schlechten Witzen, lautem Gelächter und schlüpfrigen Bemerkungen gab es wenig, das ich noch schlimmer fand, als in seiner Nähe zu sein.

„Geh", sagte Loretta, „hol Wasser und dann mach dich an deine Arbeiten, denn morgen wirst du uns helfen, uns anzukleiden und die Haare zu flechten."

Ich ging. Ich holte Wasser. Ich wusch Bettlaken und Kleider, bis meine Hände rot und rissig waren. Die zornigen Tränen, die mir hin und wieder in die Augen stiegen, wischte ich achtlos fort. Ich wollte so gerne auf diesen Ball – endlich einmal wieder hinaus kommen, ein schönes Kleid tragen, Leckereien essen, die ich nicht selbst in stundenlanger mühevoller Arbeit gefertigt hatte. Tanzen, den Prinzen sehen, über den es so viele Gerüchte, aber keine Tatsachen gab. Wunderschöne Hofdamen bewundern, durch die Palastgärten schreiten … All das würde mir verwehrt bleiben. Und das Schlimmste war: Loretta hatte Recht. Ich war verlobt und damit so gut wie verheiratet. Wenn wir Meister Bonifaz nicht ernsthaft beleidigen wollten, dann durfte ich an diesem Ball nicht teilnehmen. Und so blieb mir nur, mein arbeitsames Dasein weiter zu fristen und zu hoffen, dass mit dem Tag meiner Hochzeit immerhin die Zeit zu Ende gehen würde, in der ich Lorettas Willkür ausgeliefert war.

Am nächsten Morgen versuchte ich trotzdem noch einmal mein Glück. Ich verlegte mich aufs Bitten.

„Lasst mich doch mitgehen", flehte ich. „Ich halte mich im Hintergrund. Niemand wird überhaupt merken, dass ich da bin. Bitte, ich würde so gerne den Königshof sehen und die vielen schönen Damen und die Spielleute und den Prinzen …"

„Zum letzten Mal: Nein!" Loretta erhob ungeduldig die Stimme. „Du bleibst hier. Ich habe zwölf Pfund Erbsen gekauft, die kannst du heute Abend lesen. Aber jetzt hilf mir, mein Kleid anzuziehen."

Mein Vater war früh am Morgen aufgebrochen, weil irgendeine Streitigkeit am anderen Ende seiner Ländereien seine dringende Anwesenheit erforderte, und so würden Loretta und ihre Töchter, begleitet von zwei Zofen und einer berittenen Eskorte, den Weg zum Königshof alleine antreten. Mit der Kutsche würden sie immerhin zwei Stunden unterwegs sein.

Nachdem ich den Vormittag dabei geholfen hatte, meine Stiefmutter und meine Schwestern zu baden und zu kämmen, ihre schönen Körper in schöne Gewänder zu hüllen und lange blonde Haare zu komplizierten Zöpfen zu flechten, sah ich ihnen wehmütig nach, wie sie in die Kutsche stiegen und diese dann den Hof verließ. Dann ging ich zu meinen Erbsen.

Nach einer Stunde hatte ich noch nicht eins der zwölf Pfund ausgelesen. Die Arbeit wollte mir nicht von der Hand gehen, und ich wollte sie auch nicht tun. Wenigstens musste ich mich so nicht um Meister Bonifaz kümmern. Dieser hatte, so hatten mir die Mägde erzählt, den Tag damit verbracht, sich aus der Ferne um sein eigenes Geschäft zu kümmern, hatte Briefe gelesen und verfasst und sich mit seinen Büchern beschäftigt, doch nun begann er wohl, sich zu langweilen, hatte nach Wein verlangt, saß beim Kamin in der Stube und wartete scheinbar darauf, dass ich mich zu ihm gesellte. Nun, da würde er lange warten müssen.

Elisabeth kam, setzte sich zu mir in die Küche und half mir mit den Erbsen, und ich begann, ihr mein Herz auszuschütten. Hier war ja niemand mehr, der mich dafür rügen konnte, deswegen erzählte ich ihr alles, was passiert war, wie traurig mich meine Situation machte und wie gerne ich mit auf den Ball gefahren wäre.

Und auf einmal fing sie an, geheimnisvoll zu lächeln. „Was ist?", fragte ich sie, doch sie legte nur den Finger auf die Lippen und wies mich an, ihr zu folgen.

Sie führte mich durch die Küche, durch den Festsaal, auf den Hof hinaus und hinüber zu den Gesindegebäuden. Dort ging sie zu ihrer Kammer, die ich noch nie von innen gesehen hatte, hieß mich auf dem Bett Platz zu nehmen und ging dann hinüber zu einer großen Truhe, die an der Wand stand. Sie öffnete sie, holte einige Kleidungsstücke und andere ihrer Habseligkeiten heraus und hob vom Boden der Truhe dann ein großes, in ein Leintuch gewickeltes Bündel, das sie mir auf den Schoß legte.

Mit großen Augen sah ich zu ihr auf. „Was ist das?"

„Öffnet es", sagte sie und lächelte. „Es gehörte Eurer Mutter. Sie hat es zu ihrer Hochzeit getragen."

„Meine Mutter …?" Zu ihrer Hochzeit? Mir wurde ganz ergriffen zumute. Mit zittrigen Fingern begann ich, das Bündel zu öffnen.

Nach kurzer Zeit sah ich Stoff schimmern, ein glänzendes Hellblau, und Perlen reflektierten das Tageslicht, das durchs Fenster in den Raum fiel. Als ich das Bündel geöffnet hatte, hielt ich ein Kleid in den Händen, wie ich es noch nie zuvor gesehen hatte. Helle blaue Seide, die wie ein tagheller Sternenhimmel über und über mit kleinen Perlen bestickt war.

Vor Staunen blieb mir der Mund offen stehen, und ich konnte den Blick nicht abwenden. Es war das schönste Kleid, das ich je gesehen hatte. „Wo hast du das her?", fragte ich Elisabeth.

„Aus der Truhe Eurer Mutter", erklärte sie. „Als Eure Stiefmutter hier einzog, stellte ich schnell fest, dass sie keinen Respekt vor den Räumen oder dem ehemaligen Eigentum Eurer Mutter hat. Und dieses Kleid, vor allen anderen, wollte ich ihr nicht überlassen, sie hätte es vielleicht ebenso an sich genommen wie alle anderen Dinge. Ich wollte, dass Ihr es irgendwann bekommt und entscheiden könnt, was Ihr damit tut. Eure Mutter hätte das ganz bestimmt gewollt."

Endlich sah ich sie an. „Danke, Elisabeth. Ich danke dir. So viel Weitsicht hatte ich leider nicht. Und ich kann dieses Kleid jetzt auch nicht an mich nehmen, denn sie würde es finden und ich müsste es hergeben. Bitte, verwahre es weiter in deiner Truhe." Und ich hielt es ihr hin.

„Oh nein." Sie schüttelte den Kopf. „Ich nehme es gern wieder an mich, aber nicht jetzt. Jetzt sollt Ihr es tragen, und zwar auf dem Ball des Königs."

„Aber – aber ich kann doch nicht – sie hat es mir verboten!"

Elisabeth lächelte. „Sie ist die Hausherrin, und sie hat ein Recht, Verbote auszusprechen. Und ich bin nur die Wirtschafterin, und wer weiß, wie lange noch, bevor sie eine von ihren eigenen Bediensteten dafür einsetzt. Aber diese Freude, die will ich Euch trotz allem verschaffen. Ihr sollt auf den Ball fahren und den Königshof sehen, wie Ihr es Euch wünscht. Es geht nicht an, dass Ihr immer nur unglücklich seid."

Ich wusste nicht, was ich sagen sollte, starrte nur ungläubig auf das Kleid und strich wieder und wieder mit der Hand über die zarte Seide. Meiner Mutter

Kleid … und ich sollte es tragen dürfen. Aber – „Sie werden mich erkennen", gab ich zu bedenken. „Und wie soll ich dorthin kommen? Reiten kann ich in diesem Kleid nicht."

„Nehmt den Einspänner, der ist schnell genug, und ich will gleich hinausgehen und einen vertrauenswürdigen Knecht finden, der Eure Reise und ihr Ziel für sich behält. Und was das andere Problem angeht …" Sie griff noch einmal in die Truhe und brachte einen zarten Schleier zum Vorschein und einen Schapel, der mit einem blauen Seidenband umwunden und wie das Kleid mit Perlen bestickt war. „Mit diesem Schleier dürftet Ihr hinreichend verkleidet sein. Ihr müsst Eurer Stiefmutter und ihren Töchtern eben ausweichen, so gut es geht." Sie stand auf. „Da steht eine Schüssel, wascht Euch schnell und zieht das Kleid an. Ich kümmere mich um die Kutsche und komme dann zurück, um Euch die Haare zu flechten."

Eine halbe Stunde später schaute ich mein Spiegelbild an und konnte kaum fassen, was ich sah. Die dunkelbraunen Augen meiner Mutter, darüber mein Haar, das ich kaum mehr erkannte, weil es sich in sorgfältigen Flechten an meinen Kopf schmiegte. Das Kleid und die feinen langen Handschuhe ließen mich edler erscheinen, als ich mich fühlte, doch ich trug das Gewand mit Stolz, denn es hatte meiner Mutter gehört und passte mir wie angegossen. Dann legte mir Elisabeth den Schleier über und setzte mir den seidenen

Kranz auf, und auf einmal war ich jemand völlig anderes. Nicht einmal ich selber erkannte mich in dieser Aufmachung, da würde es meine Stiefmutter sicher auch nicht können.

Den Einspänner lenkte einer von Vaters ältesten Knechten, Thomas, dem Elisabeth mein Geheimnis bedenkenlos anvertrauen konnte. Er fuhr bis zum Gesindehaus vor, damit ich ungesehen einsteigen konnte. Die Kutsche war leicht und würde mich schnell zum Königshof bringen.

Ich war so nervös, dass meine Hände während der Fahrt anfingen, zu zittern. Was, wenn man mich nicht einließ? Wenn man mich fragte, wer ich sei? Was, wenn mich doch jemand erkannte? Oder wenn auf dem Hof doch jemand herausfand, dass ich nicht, wie ich sollte, in der Küche saß und Erbsen las?

Immerhin hatte Elisabeth, die im Gegensatz zu mir an alles gedacht hatte, mir das Versprechen abgenommen, um spätestens Mitternacht zurückzukehren, damit ich auf jeden Fall vor Loretta und ihren Töchtern nach Hause kam und diese mein Fehlen nicht bemerken würden. Für die Erbsen, hatte sie gesagt, würde sie sich schon etwas einfallen lassen, und für Meister Bonifaz würde sie eine Flasche von Vaters bestem Wein aus dem Keller holen, um diesen über den von weiblicher Gesellschaft freien Abend hinwegzutrösten.

Thomas, der meinen Vater schon oft an den Königshof gefahren hatte, fuhr mich direkt vor das Tor zur großen Halle am Hof und erklärte mir dann, wo er mit der Kutsche auf mich warten würde. Er half mir beim Aussteigen und wisperte mir ein „Viel Glück!"

zu, bevor ich auf einmal allein auf dem roten Teppich stand, der zum Eingang führte, welcher von zwei Dienern in den königlichen Farben flankiert wurde.

Doch es half ja nichts, dort musste ich hindurch. Aus dem Gebäude drang gedämpfte Musik und hin und wieder Gelächter, das lockte mich und gab mir Mut. Also hob ich den Kopf und trat beherzt auf die Diener zu.

„Guten Abend", sagten sie und verbeugten sich vor mir. Einer fragte, „Wen darf ich melden?"

„Melden?" Erschrocken vergaß ich, dass ich doch ruhig und gelassen erscheinen wollte. Ich sollte gemeldet werden? Oh weh. Doch auch daran führte wohl kein Weg vorbei. Schnell überlegte ich.

„Meldet … die Baroness Nora von Bertholdsheim, bitte", sagte ich, den Geburtsnamen meiner Mutter mit einem erdachten Titel garnierend.

Der Diener nickte und bat mich, ihm zu folgen.

Wir gingen einen Gang entlang, der wie der Aufgang zum Tor mit rotem Teppich ausgelegt war, der so dick war, dass er das Geräusch unserer Schuhe verschluckte. Und nach drei Abbiegungen öffnete sich der Flur in einen großen Saal, dessen Schönheit mir den Atem raubte.

Die Decke war so hoch, dass ich den Kopf in den Nacken legen musste, um sie überhaupt zu erblicken. Die Wände waren mit Perlmutt und Gold verziert, die das Licht der Kerzen in den zahlreichen Kronleuchtern tausendfach widerspiegelten. Den Boden bedeckten Mosaike aus daumennagelgroßen Steinen, die in allen Farben leuchteten. Und der Saal, den ich mit fünf

Dutzend Schritten noch nicht hätte durchmessen können, war erfüllt von Hunderten von Menschen, die lachten und sich unterhielten, der Musik lauschten oder tanzten, und sie alle waren gekleidet in kostbare Gewänder, die im Licht glänzten und glitzerten wie Edelsteine. So schön war dieser Anblick, dass ich kaum vernahm, wie jemand laut den Namen meiner Mutter rief und sich daraufhin sämtliche Gesichter derer, die in der Nähe des Eingangs standen, mir zuwandten.

Wie froh ich über meinen Schleier war! Ich neigte den Kopf zur Begrüßung und sah mich um, ob ich nicht einen Becher Wein bekommen konnte. Der würde mich sicher ein wenig beruhigen.

Da kam schon ein schmucker junger Mann aus der Menge auf mich zu, stellte sich als Junker Ingolf vor, reichte mir galant seinen Arm und führte mich mit den Worten „Ihr seid sicher sehr hungrig von der Reise" zu einem Tisch, auf dem man sich an verschiedenen Gerichten, Braten, Suppen, gedünstetem Gemüse, Puddings, Süßspeisen, Obst und vielem mehr bedienen konnte.

Doch ich wollte nicht gleich über das Essen herfallen, ich war auch viel zu nervös dazu. Stattdessen ließ ich mir von Junker Ingolf tiefroten Wein einschenken und konnte meine Situation gar nicht fassen. Ich war tatsächlich hier, am Königshof! Ich durfte feiern und das Fest genießen, musste nur darauf achten, nicht Loretta oder ihren Töchtern zu begegnen. Ich blickte mich um, ob ich sie erspähen könne, doch vergeblich.

Zu viele Menschen füllten den Saal, und zu viel Bewegung herrschte auf der Tanzfläche, als dass ich einzelne Personen hätte ausmachen können.

Mir fiel auf, dass Junker Ingolf schon einige Augenblicke lang mit mir sprach, ohne dass ich ihm zugehört oder irgendwie reagiert hätte. „Verzeiht", wandte ich mich beschämt an ihn, „wie meintet Ihr?"

„Ihr wart wohl noch nie am Königshof", stellte er lächelnd fest. „Ich kann verstehen, dass einem das zunächst den Atem und jegliche Aufmerksamkeit raubt. Kommt, wenn Ihr wollt führe ich Euch ein wenig herum, und währenddessen könnt Ihr mir erzählen, woher Ihr kommt und warum Ihr Euer Gesicht nicht zeigen wollt."

Er bot mir seinen Arm, und ohne nachzudenken hakte ich mich bei ihm ein. Wie im Traum ließ ich mich von ihm aus dem Saal führen. Was konnte mir hier schon passieren? Das alles war so wunderbar und aufregend, dass ich zu keinem schlechten Gedanken fähig war. Außerdem standen an jeder Ecke livrierte Diener, sodass der Anstand immer gewahrt wurde.

Junker Ingolf plauderte über dies und das und erläuterte mir alle Wunder, an denen wir vorbeikamen. Die Gemälde an den goldenen Wänden der Gänge. Die Büsten und Statuen vergangener Herrscher. Das Labyrinth aus Buchsbaum, das sich im Garten erstreckte. Der Teich, auf dem kleine Enten mit goldenem Gefieder schwammen, und der Rosengarten, der sogar im April eine Duftwolke verströmte, die mir schwindeln ließ. Andere Paare flanierten auf den Wegen, erste Glühwürmchen zeigten sich in der tiefer werdenden Dämmerung, und mir war, als sei dies alles nicht wirklich vorhanden, nur eine Illusion, dazu gemacht, mich zu verwirren und mir eine Welt vorzugaukeln, die in solcher Schönheit eigentlich nicht existieren konnte.

„Wollt Ihr tanzen?", fragte er mich schließlich und ich sagte zu, weniger weil das Tanzen meine große Leidenschaft ist – obwohl ich als adlige Tochter natürlich lernen musste, wie man in gehobener Gesellschaft tanzt –, sondern weil ich noch mehr schöne Menschen betrachten, mich der Musik und dem fröhlichen Gewimmel hingeben und mich in dem Wissen sonnen wollte, dass ich trotz Lorettas Verbot hier war – und bewundert wurde. Auch wenn dieser Junker sicher dazu angehalten worden war, irgendeinem Mädchen den Abend zu versüßen; mir war das gleich, und er machte seine Sache gut.

Wir tanzten, in Reihen und Kreisen, wir wanderten, hüpften und drehten uns, bis mir schwindelig wurde und ich etwas trinken musste. Den süßen Wein, den Junker Ingolf mir anbot, verdünnte ich jedoch mit viel Wasser, denn ich musste einen klaren Kopf behalten, falls ich Loretta oder ihren Töchtern begegnete, und auch, um den Zeitpunkt der Abreise nicht zu verpassen.

Junker Ingolf machte unbeirrt weiter Konversation. „Darf ich fragen, schönes Fräulein, weshalb Ihr einen Schleier tragt?"

Da sah ich sie. Loretta, Maria und Sophia. Ein bildschönes Trio, und alle konzentrierten sich auf einen Mann, den sie im Halbkreis umstanden und der mir den Rücken zudrehte. Loretta blickte auf, sah mich, ich erstarrte – doch sie ließ ihren Blick weiterschweifen, hatte mich natürlich nicht erkannt, für sie war ich nur eine unter Hunderten, und dennoch …

„Deswegen", murmelte ich und starrte weiter auf die Frauen, die ich rechtmäßig als meine Familie hätte bezeichnen müssen.

„Verzeiht." Junker Ingolf schien leicht beleidigt. „Ihr müsst es ja nicht sagen, aber gar so aufdringlich war meine Frage wohl nicht, um eine solche Antwort verdient zu haben."

„Wie?" Ich wandte mich ihm zu und wurde mir dann klar, was passiert war. „Oh, nein, bitte seid mir nicht böse! Ich war so in Gedanken – ich habe diese Damen dort hinten betrachtet, die um den Mann herumstehen."

„Ach, jene!" Schon schien er wieder versöhnt. „Die Damen kenne ich nicht, aber dem Herrn werde ich Euch vorstellen müssen. Das ist Prinz Johann persönlich."

„Oh", antwortete ich ausdruckslos. Dem Prinzen vorgestellt zu werden, darum riss ich mich nicht gerade. Nach allem, was ich von ihm gehört hatte, reichte es mir völlig, ihn aus der Ferne betrachten zu können, und sei es nur sein Rücken.

Da fasste mich Junker Ingolf am Arm. „Kommt", sagte er, „ich stelle Euch vor."

„Nein, wirklich, das ist doch nicht nö-"

„Warum so schüchtern?" Er lächelte mich an und zog gleichzeitig leicht an meinem Arm. „Er wird Euch schon nicht beißen."

‚Nein, er vielleicht nicht', wollte ich antworten, ‚aber sie, die Frauen!' Doch ich sagte es nicht, verstärkte stattdessen sanft meine Gegenwehr. Doch da war ich auch schon gerettet, denn unser beider Blick zu der Gruppe zeigte, dass der Prinz sich von Loretta und ihren Töchtern verabschiedet hatte und in der Menge verschwunden war.

„Na gut." Junker Ingolf zuckte mit den Achseln. „Später. Der Prinz hat die Angewohnheit, von einem Moment auf den anderen an allen möglichen Orten aufzutauchen, um dann ebenso schnell wieder zu verschwinden."

„Und das verwirrt Euch, nicht wahr, Junker Ingolf?" Die Stimme kam von hinter unseren Rücken, und sie klang amüsiert.

Junker Ingolf und ich erschraken gleichzeitig und drehten uns um. „Mein Prinz!", rief der Junker aus, und ich stand direkt vor seiner königlichen Hoheit Prinz Johann.

Prinz Johann, ich stand vor Prinz Johann. Johann. Johann ...

Mein Atem stockte. Was zum –? Mein Blick fiel nach unten, suchte seinen rechten Arm: Er war es. Ein weißer Verband, dünn nur noch, denn die Wunde musste fast verheilt sein nach all den Tagen, blitzte unter seinem Brokatärmel hervor. Brokat, wie ihn nur die reichsten der Reichen trugen, jemand von höchstem Blut, ich stand ihm direkt gegenüber, nur einen Schritt weit entfernt, und es war Johann. Mein Johann, wie ich ihn in Gedanken genannt hatte, doch dies war nicht meiner, dies war der Johann des ganzen Landes, der Prinz!

Mit großen Augen sah ich ihm wieder ins Gesicht. Was würde er nun tun? Mich schelten, weil ich ihn wie einen Bauern behandelt hatte? Mich verachten, mir ins Gesicht lachen, weil er mich so erfolgreich an der Nase herumgeführt hatte? Mich für die Gefühle, die ich ihm entgegengebracht hatte, verspotten?

Er erwiderte meinen Blick jedoch nur mit mildem Interesse, ohne jegliche Häme oder Zorn. Und dann fiel mir ein, dass ich den Schleier trug, und vor Erleichterung begann ich, zu zittern. Er erkannte mich nicht! Herr im Himmel sei Dank …

„Bin ich tatsächlich so Angst einflößend?", fragte mich Johann lächelnd und streckte seine Hand aus. „Ich bin auch nur ein Mensch."

‚Einfach nur Johann', dachte ich mit flammenden Wangen – doch auch die würde er nicht sehen können, ein Glück! – und reichte ihm meine Hand, die er behutsam nahm und galant an seine Lippen führte. So angenehm tat er es, dass ich mir in dem Moment wünschte, überhaupt keine Handschuhe zu tragen, und ich wünschte mir außerdem, dass er nicht meine Hand, sondern meinen Mund küssen würde, wie er es bereits einmal getan hatte, vor einer scheinbaren Ewigkeit … Wie unzüchtig von mir! Und schon wurde ich wieder rot.

„Und mit wem habe ich die Ehre?", fragte er.

Bevor ich meinen Mund öffnen und einen groben Fehler machen konnte – denn ich hätte mich in meiner Verwirrung nicht einmal an den Namen erinnert, den ich mir selber gegeben hatte – sprang Junker Ingolf ein und stellte mich vor.

Und mir wurde mit Schrecken bewusst, dass ich nicht mit ihm sprechen konnte, denn er würde meine Stimme erkennen. Nie und nimmer wollte ich, dass er mich erkannte, nein!

„Ich muss fort", sagte ich, flüsterte jedoch nur, denn ein Flüstern ist schwerer zu erfassen. Ich hätte auch nicht die Kraft besessen, ihm mit fester Stimme zu antworten, dafür war ich viel zu verstört.

Bevor der Prinz oder Junker Ingolf Einspruch erheben konnten, hatte ich mich umgewandt, meine Röcke gerafft und stürmte auf den Ausgang zu, Würde und Haltung vergessend. Und während ich lief, durch die teppichbelegten Gänge, durch das Tor und hinaus zu den Kutschen, während ich da so undamenhaft rannte, sagte ich mir, dass ich doch nur das Mädchen war, gerade mal siebzehn Jahre, ein Mädchen, das arbeiten muss und nicht feiern soll. Ein Mädchen, das niemals zur Dame werden würde, sondern immer unfein bleiben muss, die ihre Gefühle leichtfertig und dumm jemandem schenken wollte, der viel zu hoch über ihr steht.

Wie sehr ich mich meiner selbst schämte.

Als ich schließlich Thomas und die Kutsche fand, war mein Gesicht von Tränen nass, die der Schleier jedoch verbarg.

„Fahr los!", rief ich noch aus der Entfernung, „wir müssen fort!" Und ich wartete nicht einmal, bis er mir in die Kabine half, sondern sprang gleich selbst hinein und atmete erst auf, als wir auch die letzten Mauern des königlichen Schlosses hinter uns gelassen hatten.

10

Ich fühlte einen Schmerz in der Brust, unerträglichen Schmerz, während wir durch die dunklen Wälder nach Hause fuhren. Johann, Johann ... warum? Was hatte er von mir gewollt, während er sich mir in immer anderer Verkleidung genähert hatte, weshalb hatte er mit mir gespielt, mich geneckt, an der Nase herumgeführt? Mich glauben gemacht, er sei jemand ganz anderes? Hatte ihn am Ende wirklich das schlechte Gewissen gepackt, als er mir den Brief schrieb? Oder waren auch seine Zeilen nur Teil seines Spiels gewesen? Wann sollte der große Moment kommen, in dem er mir offenbarte, dass er mich getäuscht und sich einen großen Spaß mit mir erlaubt hatte? Dass ich mich nun vor ihm zu verbeugen und meinem unflätigen Benehmen ihm gegenüber ein Ende zu setzen hatte, um ihm endlich den Respekt entgegenzubringen, der ihm als zukünftigem Herrscher dieses Landes gebührte?

Während ich all diese bitteren Gedanken hegte, fühlte ich immer noch diesen Schmerz in der Brust. Es war der Schmerz des Verlustes, denn ich wusste, dass ich Johann nie wieder unbeschwert entgegentreten konnte, nie wieder mit ihm scherzen konnte. Und ich konnte mich auch nie mehr dem seligen Unverständnis hingeben, welches mir daraus erwuchs, dass er sich immer neue, fadenscheinige Gründe dafür ausdachte, mir über den Weg zu laufen und mir seine wahre Herkunft zu verheimlichen.

Nun – jetzt wusste ich um seine Herkunft. Aus der Traum, das Spiel vorbei. Ich fühlte mich beschämt und hintergangen, ich war wütend auf ihn und gleichzeitig traurig. Er war es doch gewesen, der meine Tage erhellt hatte, wenn ich vor Arbeit und Demütigung kaum noch einen Sinn gesehen hatte. Und nun war mir das endgültig verwehrt, nicht einmal diese Freude würde ich noch haben. Nicht sein Brief, sondern diese Begegnung mit ihm hatte das in meinen Geist eingebrannt.

Zeitig vor Mitternacht kamen wir zu Hause an.

„Schnell!", wisperte mir Elisabeth mit ungewohnter Dringlichkeit zu, als ich aus der Kutsche stieg. „Zieht Euch um und kümmert Euch um ihn, er ist betrunken und er schreit noch den ganzen Hof zusammen, weil sich niemand um ihn kümmert, und wenn die Herrin kommt und erfährt, dass Ihr die ganze Zeit kein Wort mit ihm gewechselt habt …"

Oh nein! Das hatte mir gerade noch gefehlt. Ein aufgebrachter Bräutigam, der sich vernachlässigt fühlte.

Hastig folgte ich Elisabeth in ihre Kammer, legte die kostbaren Gewänder meiner Mutter ab, wusch mir die getrockneten Tränen vom Gesicht und zog meine alten Kleider wieder an.

„Wie ist es Euch ergangen?", fragte die Wirtschafterin besorgt, doch ich winkte ab.

„Nichts Wichtiges. Die Erbsen, sind die gelesen?"

Sie nickte und lächelte geheimnisvoll. „Die Tauben haben mir geholfen."

Wäre ich nicht so in Eile gewesen, hätte ich über ihren Scherz gelacht. „Wo ist er?"

„Im Kaminzimmer. Und bringt ihm noch einen Krug Wein mit hinein, das wird ihn besänftigen."

Ich rannte hinaus.

Er stand am Kamin und drehte mir den Rücken zu, doch als ich eintrat und die Tür hinter mir schloss, damit die warme Luft nicht nach draußen entweichen konnte, fuhr er herum, und ich erschrak ob seines Anblicks.

Das sonst so heitere Gesicht wirkte mürrisch und aufgedunsen vom reichlichen Weingenuss, und als er mich sah, zogen sich seine Brauen zusammen.

„Endlich bequemt sie sich mal her, meine Braut, nachdem ich den ganzen Abend lang vernachlässigt worden bin. Was ist das denn für eine Art? So benimmt sich keine Ehefrau, und ein Mädchen, das geheiratet werden will, schon gar nicht. Und wie siehst du überhaupt aus? Bin ich dir nur diese schäbigen Kleider wert?"

Während dieser bitteren Worte hatte er sich unsicher und stockend auf mich zu bewegt, hier und da Halt an einer Sessellehne suchend. Er war sehr betrunken und mir war mit einem Mal unheilvoll zumute. Ich hätte daran denken müssen, mir etwas Besseres anzuziehen, bevor ich zu ihm ging, das wurde mir mit Schrecken klar. Was sollte er nun bloß denken? Andererseits war er vielleicht so betrunken, dass er sich morgen nicht mehr daran erinnern würde, wie ich ausgesehen oder was ich zu ihm gesagt hatte.

Den Weinkrug, den ich hielt, packte ich fest, als ob er mir Halt geben könne, und ging an Meister Bonifaz vorbei zu dem Tisch, auf dem ein leerer Kelch stand. Diesen füllte ich, nahm ihn und wandte mich mit einem tapferen Lächeln wieder meinem Verlobten zu, um ihm den Wein zu reichen.

Doch er ließ mich gar nicht erst zu Wort kommen. „Sprich!", fuhr er mich an. „Wo bist du gewesen? Hast dich wohl wieder mit diesem Lümmel rumgetrieben, was? Im Heu etwa? Ihm magst du in diesen Kleidern vielleicht gefallen, aber für deinen Bräutigam solltest du dir etwas mehr Mühe geben!"

Er trat einen Schritt auf mich zu und ich wich zurück, auf einmal bekam ich es mit der Angst zu tun. Dass er gar so wütend war, das hatte ich nicht erwartet, aber auch nicht, dass er von meinen Treffen mit Johann wusste. Meine Furcht vor ihm war groß, doch nicht so groß wie der Zorn, der mich packte, als er mir Unkeuschheit vorwarf.

„Wie könnt Ihr es wagen!", rief ich. „Ich habe mich nie und ich werde mich nie mit ihm im Heu herumtreiben, wie Ihr es nennt. Ich verbitte mir solche Unterstellungen. Und er ist kein Lümmel! Er ist –" Der Prinz? Sollte ich das etwa sagen? Um die Lächerlichkeit dieser dann folgenden Situation auszudrücken, fehlten mir die Worte.

Und die Zeit. Drohend kam Meister Bonifaz noch einen Schritt auf mich zu. „Kein Lümmel, ja? Du verteidigst ihn? Warum denn bloß? Was hat eine Ritterstochter mit einem dahergelaufenen Knecht zu tun, was kann ein Knecht einer Ritterstochter denn schon geben, hm?"

Ich musste ihn besänftigen, irgendwie. Loretta durfte ihn um nichts in der Welt in diesem Zustand finden, oder es wäre aus mit mir. Meine Schuld war das, ich wusste es, ich hätte niemals auf diesen Ball fahren dürfen ... „Hier, Meister Bonifaz." Zitternd hob ich den Becher und hielt ihn ihm hin.

Er holte aus, in jähem Zorn, und schlug ihn mir aus der Hand. Der Kelch fiel, dunkelroter Wein spritzte durch das Zimmer, und mit lautem Klirren zerbrach das Gefäß auf dem Boden. Dann griff er mich so hart am Arm, dass ich zusammenzuckte und ein Stöhnen unterdrücken musste. „Untreu warst du mir, gib's doch zu!", fauchte er und zog mich näher, so nah, dass ich seinen weingeschwängerten Atem heiß auf meinem Gesicht fühlte. Mir wurde übel. „Hast dich ihm hingegeben, ich seh's dir doch an, du treibst Unzucht mit ihm hinter meinem Rücken und willst mir dann in deinen schäbigen Kleidern erzählen, du seiest sittsam und tugendhaft? Hah!"

„Nein!" Ich wandte mich in seinem Griff. „Lasst mich los, Ihr tut mir weh!"

„Nein?", fragte er und lachte höhnisch auf. „Nicht sittsam und tugendhaft? Du gibst es also zu?"

„Nein!" Wild schüttelte ich den Kopf. „Ich habe mich ihm nicht hingegeben. Ich gebe gar nichts zu!"

„Das musst du auch nicht." Auf einmal wurde er ruhiger, was meine Angst noch vergrößerte. „Zugeben musst du nichts, mir reicht es völlig, wenn du mir gibst, was du ihm gegeben hast."

Verständnislos starrte ich ihn an. „Ich habe ihm nichts –" Doch ich konnte den Satz nicht beenden, denn er zog mich plötzlich an sich und küsste mich, und zu allem Überfluss schob er mir seine Zunge in den Mund.

Ich musste würgen, drehte den Kopf weg, um ihm zu entkommen, und das gefiel ihm nicht. Er ergriff mein Kinn mit seiner freien Hand und drehte meinen Kopf gewaltsam zu ihm hin, doch anstatt mich wieder zu küssen, legte er mir dann die Hand in den Nacken und brachte mein Gesicht ganz nah an seines. „Komm, Mädchen", lockte er, „stell dich nicht so an. Tu deine Pflicht, du bist meine Frau, und ich will es so!"

„Ich bin nicht Eure Frau!" Ich wand mich, vergeblich und mit wachsender Panik. Ich hätte schreien können, doch niemand hätte mich gehört, die Herrschaften waren ja alle nicht zu Hause und das Gesinde schlief weit entfernt … „Lasst mich los! Wir sind noch nicht verheiratet!"

„Aber verlobt, und damit gehörst du mir!" Wieder drückte er mir seine wulstigen Lippen auf den Mund, und diesmal konnte ich mich nicht wegdrehen.

Er war ekelhaft. Er stank nach Alkohol und Schweiß, und er schwankte leicht. Er drängte mich rückwärts, hielt mich mit einer Hand an sich gedrückt, während er mir mit der anderen plötzlich in den Ausschnitt fuhr und nach meinen Brüsten tastete. Ich zuckte zusammen, wollte ihm entfliehen, da spürte ich hinter mir die Wand neben dem Kamin, und er drückte sich an mich, versperrte mir mit seinem massigen Körper jegliche Flucht nach vorn oder zur Seite.

Nur eins blieb mir noch: Unvermittelt ließ ich meine Knie einknicken und sackte entlang der Wand nach unten, entkam so seiner gierigen Zunge und seinen grabschenden Händen, doch leider nur kurz.

„Ah, du bist also doch vernünftig", murmelte er, meine Absichten missverstehend, und beugte sich zu mir hinunter. Mir einer Hand zog er mir den Ausschnitt meines Kleides über die Schulter, mit der anderen wehrte er achtlos meine Hand ab, mit der ich ihn panisch von mir stoßen wollte.

„Nein", keuchte ich, „fasst mich nicht an!"

Das schien ihn jedoch nur anzustacheln. Er zog mich von der Wand aus meiner halb knienden Position auf den Boden und schob sich dann über mich, küsste mich wieder, drohte mich mit seinem massigen Körper zu ersticken, während seine Hand seitlich an meinem Körper tiefer wanderte und schließlich begann, meinen Rock hochzuziehen.

Ich konnte nicht mehr kämpfen. Ich hatte keine Kraft mehr, er war so stark und schwer, und ich – ich war seine Verlobte, fast gehörte ich ihm, fast … Oder hatte er tatsächlich jetzt schon das Recht dazu, mich ihm zu eigen zu machen? Er würde es tun, das wusste ich plötzlich. Nichts und niemand würde ihn davon abhalten, mich zu entehren und unendlich zu demütigen.

In ohnmächtigem Zorn weinte ich, schnappte nach Luft zwischen seinen widerwärtigen Küssen, und dann fühlte ich, wie sich seine Hand auf meinem nackten Schenkel breitmachte, darauf höher fuhr, immer höher – und ich wollte es nicht mehr ertragen, seinen Körper auf meinem, das Wissen um den bevorstehenden Schmerz, die Schmach, nein! Meine rechte Hand, wild und frei, mit der ich gedacht hatte, ihm die Augen auszukratzen – doch auch das würde er zu verhindern wissen –, tastete blind umher, fand den unteren Kaminsims, verbrannte sich fast an der noch glühenden Asche, fand etwas Kühles, Längliches, griff zu … Und ich zog dem Mann, der im Begriff war, mir meine Unschuld zu nehmen, mit aller Kraft den Schürhaken über den Rücken. Und gleich noch mal schlug ich zu, wieder und wieder, auf Kopf, auf Rücken, was immer ich treffen konnte.

Meister Bonifaz schrie wie ein vom Speer getroffener Bär, bäumte sich auf, schlug nach mir – doch da war ich ihm schon entkommen, hatte mich unter ihm weggerollt, mich aufgerappelt, meine Blöße bedeckt und stellte mich ihm nun mit erhobener Waffe entgegen.

Er ächzte, richtete sich mit schmerzverzerrtem Gesicht auf und starrte mich aus alkoholtrüben, aber dennoch hasserfüllten Augen an. „Kleines Luder", zischte er, doch es klang kraftlos.

„Bleibt mir vom Leib", warnte ich ihn, am ganzen Körper zitternd. „Kommt keinen Schritt näher, oder ich –"

Der Rest des Satzes blieb mir im Halse stecken, denn auf einmal öffnete sich die Tür und Loretta stand vor uns, dahinter Falko und ein weiterer Knecht, und hinter diesen beiden reckten Maria und Sophia neugierig die Hälse, ob es hier etwas zu sehen gäbe. Und das gab es in der Tat. Falkos Blick, als er mich sah, gefiel mir nicht, doch nicht einmal seine Aufdringlichkeit konnte mich von der Furcht vor Lorettas Reaktion ablenken, die nun unweigerlich folgen musste.

„Wir dachten schon, es seien Einbrecher im Haus", sagte sie mit beunruhigender Ruhe zu Meister Bonifaz, nachdem sie mir einen Blick aus zusammengekniffenen Augen zugeworfen hatte. „Könnt Ihr mir erklären, was hier passiert ist?"

Mühsam richtete Meister Bonifaz sich auf und hielt sich den schmerzenden Rücken. Mit der anderen Hand zeigte er auf mich. „Die da, diese – diese ..." Er suchte nach Worten, aber seine Zunge wollte ihm nicht so recht gehorchen. Zu viel Wein, dachte ich schadenfroh und holte Luft, um selbst zu erzählen, auch wenn ich kaum Hoffnung hegte, dass man mir glauben würde. Doch da sprach er schon weiter. „Dieses Mädchen, sie ist undankbar und widerspenstig, und als ich sie geküsst habe, da – da hat sie mich geschlagen!"

Küssen? Diese Dreistigkeit ...! Ich wollte loslachen, verschluckte mich jedoch, musste husten, rang nach Luft und gab Loretta damit genug Zeit, um sich zu mir zu drehen und wie ein drohendes Unwetter zu fragen: „Ist das wahr? Hast du deinen Verlobten wirklich mit solcher Respektlosigkeit behandelt? Und wie siehst du überhaupt aus?"

Ich fing mich wieder und verspürte immer noch den irren Drang, zu lachen. Wie absurd mir das alles schien! Verächtlich warf ich den Schürhaken zu Boden, als könne ich damit meiner Entrüstung Ausdruck verleihen. „Küssen, hah! Er wollte viel mehr als das! Er hätte mir fast Gewalt angetan."

„Wir haben die Verlobung gefeiert, ich habe den Vertrag unterschrieben und den Brautpreis bezahlt, sie gehört mir, ich habe ein Recht auf sie!" Meister Bonifaz war außer sich. „Doch sie scheint daran kein Interesse zu haben, sie gibt sich wohl lieber diesem Bauerntölpel hin, der sie immer besucht. Ihn hat sie jedenfalls verteidigt, und sich mir verweigert!"

Ich schloss verzweifelt die Augen. Nein, bitte nicht Johann mit hineinziehen …

„Carlotta?" Ich musste nicht hinsehen, um zu wissen, dass ich verloren war. Loretta würde mir niemals glauben. Einer Antwort wurde ich jedoch enthoben, denn Meister Bonifaz ereiferte sich weiter.

„Ich bin mir der Unberührtheit meiner Braut daher keineswegs mehr sicher. Eine solche Frechheit, wie mir von diesem Mädchen entgegengebracht wird, muss ich mir nicht bieten lassen, nicht, wenn sie hinter meinem Rücken mit diesem – diesem Nichtsnutz Unzucht treibt. Ich will nicht in die beschämende Lage kommen, eine Hure in mein Bett nehmen zu müssen, und sehe mich daher gezwungen, die Verlobung hier und heute aufzulösen."

Müßig wunderte ich mich, dass Meister Bonifaz in seinem betrunkenen Zustand noch solche Wortkonstrukte zustande brachte. Andererseits hatten ihn meine Schläge vielleicht wieder nüchtern gemacht. Doch es war egal, alles war egal. Mein schlimmster

Alptraum konnte nicht das überbieten, was mir bevorstand, das wusste ich.

Meister Bonifaz' Ausbruch hatte selbst Loretta für kurze Zeit sprachlos gemacht. Ich beobachtete sie gebannt, wie die Maus die Schlange, bevor sie gefressen wird. Doch sie würdigte mich keines Blickes. Schließlich holte sie tief Luft und straffte die Schultern. „Das verstehe ich, Meister Bonifaz. Und seid versichert: Wenn ich gewusst hätte, wie ehrlos dieses Mädchen ist, hätte ich sie Euch niemals zur Frau geben wollen. Sie wird für ihre Schamlosigkeit bezahlen, und Euch kann ich nur bitten, noch zwei Tage unser Gast zu bleiben, bis mein Gatte zurückkehrt, damit er mit Euch die Bedingungen klären kann, zu denen der Brautvertrag aufgehoben wird."

„Nichts da!" Meister Bonifaz, wieder ganz der achtbare Kaufmann, richtete sich auf, konnte aber nicht ganz verhindern, dass sich sein Gesicht vor Schmerzen verzerrte. „Ich reise ab, sofort! Lasst meinen Diener wecken und meine Kutsche anspannen!" Er trat vorsichtig auf den Ausgang zu, und instinktiv wichen Loretta und die anderen seiner gewichtigen Präsenz aus, sodass er mit erhobenem Haupt an ihnen vorbei humpeln konnte.

Ich blieb zurück mit fünf Leuten, die mit verschiedenen Mischungsgraden aus Hass und Verachtung auf mich herabsahen, und ich wünschte mir, mich aus einem sehr hoch gelegenen Fenster stürzen zu können.

„Ich hab's nicht getan", sagte ich zu Loretta in einem hoffnungslosen Versuch, mich zu retten. „Ich habe mich niemandem hingegeben, ich bin anständig gewesen!"

„Martin", sagte Loretta zu dem zweiten Knecht, „hol mir eine Rute. Falko, halt sie fest."

Er kam auf mich zu und ich dachte kurz daran, zurückzuweichen, zu fliehen – doch so viel Stolz hatte ich noch: ich hielt still, als er mich grob am Arm packte.

„Dreh sie um", befahl Loretta, als sie auf uns zukam. Falko tat, wie ihm geheißen, packte mich an beiden Oberarmen, drehte mich zu sich um und sah hämisch auf mich herab, während Loretta von hinten an mein Kleid griff, es mit beiden Händen am rückwärtigen Ausschnitt packte und es mit einem Ruck von oben bis zur Hüfte entzweiriss. Dann griff sie mir ins Haar und zog daran. „So schöne Flechten? Hattest du nichts Besseres zu tun, als dich solchen Nichtigkeiten hinzugeben und deinem Bräutigam trotzdem in diesem schlechten Kleid entgegenzutreten? Und dich ihm dann auch noch zu verweigern? Du kannst froh sein, wenn dein Vater dich nicht umbringt, wenn er zurückkehrt. Und bis dahin werde ich dich einsperren, damit du dir darüber klar werden kannst, wie viel Ärger und Schmach du ihm bereitet hast. Meister Bonifaz war die beste Partie, die eine wie du erwarten konnte. Aber nun wird dich niemand mehr heiraten wollen."

„Ich hab's nicht getan!" Verzweifelt bemerkte ich, wie die Teile meines zerrissenen Kleides mir über die Schultern nach unten rutschten und meine Brüste entblößten, direkt vor Falkos Nase. Wie furchtbar das war, und wie demütigend. Schluchzen stieg in mir auf, und ich machte mir nicht mehr die Mühe, es zu unterdrücken. „Bitte glaubt mir, ich bin keine Hure!"

„Ob du's bist oder nicht, tut nichts zur Sache", stellte Loretta eiskalt fest und nahm von Martin die Rute, die er gerade hineinbrachte. „Was zählt ist, dass dein Ruf ruiniert ist, und unserer gleich mit. So etwas kann nicht wieder gutgemacht werden, aber büßen wirst du dafür trotzdem."

Und dann schlug sie zu.

11

Als ich erwachte, war es heller Tag. Das erkannte ich daran, dass vom Hof die Geräusche reger Betriebsamkeit kamen und ein heller Sonnenstrahl durch die kleine Fensteröffnung hoch oben unter der Decke auf die gegenüberliegende Wand fiel. Dies war einer der Vorratsräume im Keller, der jetzt im Frühling nur ein paar Säcke Getreide beherbergte, einen alten Nachttopf – und mich.

Nach und nach kamen mir die Erinnerungen an die vergangene Nacht, an Meister Bonifaz' Aufhebung der Verlobung, Lorettas kalte Drohungen, an die Erniedrigung, an die nicht enden wollenden Rutenhiebe. Ich wollte sterben.

Sie hatten mich hergeschleppt und wie ein Bündel Lumpen in diesen Raum hineingeworfen, die Tür zugeschlagen und den Riegel vorgeschoben. Ich musste das Bewusstsein verloren haben, zum Glück, denn mein Rücken hatte nach den Schlägen höllisch geschmerzt und geblutet.

Jetzt tat er immer noch weh, so sehr, dass ich kaum wagte, mich zu bewegen. Ich konnte froh sein, wenn mich das Fieber nicht ereilte. Mühsam streckte ich meine Hand nach hinten und tastete nach den Wunden an dem Teil des Rückens, den ich erreichen konnte: Das Blut war getrocknet, und Fetzen meines Kleides klebten fest und hart an meiner Haut und den

Striemen. Wenn ich versuchen sollte, sie zu lösen, würden die Verletzungen wieder aufbrechen. Ich stöhnte.

Wasser, ich brauchte Wasser. Meine Kehle war ausgedörrt. Aber wo sollte ich etwas herbekommen? Hier gab es nichts, die Tür war verschlossen, und rühren konnte ich mich auch nicht. Der Boden unter mir war kalt und das half irgendwie, auch wenn ich mich sicher erkälten würde. Falls ich hier jemals lebend herauskam.

Was hatte sie gesagt, wann sollte Vater zurückkommen? In zwei Tagen? Ob ich so lange durchhalten würde?

Ich blieb auf dem kalten Boden liegen und rührte mich nicht. Und auf einmal musste ich an das Fest am Königshof denken, und an Johann, der eigentlich Prinz Johann war und damit für immer außerhalb meiner Reichweite. Ich hätte geweint, doch ich hatte keine Kraft dazu.

Draußen auf dem Hof ging das Leben weiter. Als sei es die interessanteste Sache auf der Welt beobachtete ich, wie der Sonnenfleck an der Wand sich verdunkelte und wieder erhellte, wenn jemand draußen vorbeilief. Das Wetter musste dem Frühling alle Ehre machen. Knechte und Mägde hörte ich draußen reden, die alltäglichen Gespräche des Gesindes, hin und wieder hörte ich den Stallvorsteher, wie er Befehle gab, und einmal auch Elisabeth, doch bevor ich genug Atem sammeln konnte, um nach ihr zu rufen, war ihre Stimme schon wieder verklungen.

Und irgendwann mischte sich unter die bekannten Stimmen eine, die mir lieber war als alle anderen und die mein Herz schneller schlagen ließ. Johann.

„Ich bringe die Abgaben der Mühle", hörte ich ihn sagen, und in meinem dunklen Kellerloch lächelte ich traurig. Er war gekommen. Der Prinz war gekommen, um mich zu sehen, trotz seines Briefs! Und er benutzte die gleichen liebenswerten, aber schlechten Tricks wie schon zu Anfang. In dem Moment war mir egal, wer er war; dass er nur ein Spiel mit mir spielte und mich an der Nase herumführte. Ich wollte ihn sehen, so sehr, dass es schmerzte, und ich wollte rufen, doch von hier würde er mich nicht hören. Mühsam zog ich die Arme an, um mich vom Boden hochzustemmen und irgendwie aufzustehen, doch mitten in der Bewegung hielt ich inne, denn auf dem Hof hörte ich plötzlich Lorettas Stimme.

„Was machst du hier?", fuhr sie ihn an. „Scher dich fort!"

Entsetzt sog ich Luft ein. Was tat sie da, erkannte sie ihn denn nicht? Aber nein, korrigierte ich mich sofort, sie würde ihn nicht erkennen. Sie erwartete, einen Knecht zu sehen, und deswegen sah sie einen Knecht, und weil ich Johann – den Mogler, nicht den Prinzen – kannte, wusste ich, dass er sich wieder ein wenig Ruß ins Gesicht geschmiert hatte, dass er irgendeinen Hut oder eine Mütze trug, die er tief ins Gesicht gezogen hatte, und seine Haare, die gestern am Hof so glatt und glänzend gewesen waren, hatte er sicher wieder zerzaust und ein paar Strohhalme an strategischen Stellen darin verteilt. Ich hatte mich immer gefragt, warum er auf sein Äußeres so wenig achtgab, und nun wusste ich, dass das nicht der Fall war, im Gegenteil. Er hatte sehr viel Aufwand darauf verwendet, dass ihn niemand erkannte, und mit Erfolg. Nur warum er das getan hatte, das wusste ich immer noch nicht. Aber es war auch egal. Er war gekommen, um mich zu sehen. Ich lächelte.

„Ich bringe die Abgaben der Mühle", wiederholte Johann stur. „Soll ich sie gleich rüber zum Backhaus bringen?"

„Du kannst sie hier abladen und dann direkt wieder verschwinden. Du bist hier nicht willkommen!"

„Und warum nicht, wenn ich fragen darf?" Johanns Stimme hatte plötzlich einen harten Unterton, wie ich mit Genugtuung feststellte. Wenn Loretta nur wüsste, wen sie da vor sich hatte … Doch sie schien nichts zu bemerken.

„Ich weiß nicht, was du mit Carlotta angestellt hast, ob du ihr nur Versprechungen und schöne Augen gemacht hast oder dich ihr unsittlich genähert hast – was auch immer, es ist mir egal, aber ihr Ruf ist befleckt und ihr Verlobter hat den Brautpreis zurückverlangt und ist gestern Nacht nach einem sehr unschönen Zwischenfall abgereist. Was dieses Mädchen uns durch ihre losen Manieren gekostet hat, ist unbeschreiblich, und dir gebe ich die Hauptschuld daran, denn du bist es, den man mit ihr gesehen hat, und du wurdest erwähnt, als Zweifel an ihrer Ehre geäußert wurden." Lorettas Stimme war lauter geworden, während sie sprach, und der Rest des Hofes ganz still. Alle, mich eingeschlossen, hörte ihr wie gebannt zu. „Jetzt verschwinde und lass dich hier nie wieder blicken. Na los doch, oder soll ich dich vom Hof prügeln lassen?"

Johann antwortete, und seine ruhige Stimme stand im starken Kontrakt zu Lorettas Aufregung. „Ich habe Carlotta nicht angerührt."

„Nicht?", höhnte Loretta. „Geküsst hast du sie immerhin, dafür habe ich Zeugen. Mach, dass du fortkommst!"

Das ist der Moment, dachte ich. Jetzt wird er sich offenbaren und sagen, wer er ist, jetzt wird er Loretta ihre Worte bereuen lassen und mich aus meinem Loch holen kommen … Doch nichts dergleichen geschah. Er antwortete nicht. Ich hörte das dumpfe Geräusch von Mehlsäcken, die ohne sonderliche Vorsicht auf den Boden gestellt wurden, und dann hörte ich, wie sich der Karren, mit dem Johann das Mehl gebracht hatte, entfernte.

Auch Loretta hörte ich nicht mehr, und nach einiger Zeit ging das arbeitsame Treiben auf dem Hof weiter, als sei nichts geschehen.

Jetzt weinte ich doch. Er hatte sich einfach so fortschicken lassen! War ich ihm doch nichts wert? Kein weiteres Wort der Verteidigung, kein Einhaltgebieten gegenüber Lorettas anmaßender Abfuhr? Er war gegangen, einfach so. Bedeutete ich ihm letztendlich doch nichts?

Natürlich nicht, sagte ich mir. Er war der Prinz! Und ich nur eine, die ihren guten Ruf verloren hatte. War er deswegen so ohne Weiteres umgekehrt? War er enttäuscht von mir? Aber er war es doch gewesen, der mich geküsst hatte!

Der Tag verging – irgendwie. Ich rappelte mich irgendwann mühsam auf, um mein Geschäft auf dem alten Nachttopf zu verrichten. Dabei brachen zwei oder drei meiner Wunden wieder auf, und mehr Blut benetzte mein zerstörtes Kleid. Als die Nacht kam, begann ich, jämmerlich zu frieren, und als der Morgen anbrach, war mir so elend zumute wie noch nie in meinem Leben. Ich fragte mich, ob ich wohl einfach so sterben konnte, durch pure Willenskraft, um meinem Schicksal auf diesem Weg zu entgehen.

Der Hof war noch nicht erwacht; umso mehr wunderte ich mich, als vor meiner Tür leise der Riegel zurückgeschoben wurde. Und dann steckte Elisabeth, mein guter Geist, den Kopf zur Tür hinein, schlüpfte hindurch und kniete sich zu mir auf den Boden.

„Ach, meine Arme“, sagte sie und reichte mir einen Becher Wasser, den ich gierig leerte, worauf sie ihn aus einem mitgebrachten Krug auffüllte und mir zurückgab.

„Danke“, brachte ich zwischen gierigen Schlucken hervor. „Gott segne dich.“

„Ich würde Eure Wunden gerne säubern, aber die Herrin würde es merken.“ Mitleidig betrachtete sie meinen Rücken, doch ich winkte ab.

„Das muss nicht sein, Elisabeth, ich will nicht, dass du auch noch wegen mir leiden musst. Wenn es hier nur nicht so kalt wäre. Wann kommt mein Vater zurück, weißt du das?“

„Heute am Nachmittag, das hatte er zumindest vor.“ Ängstlich sah sie sich um, denn vor der Tür regte sich etwas, jemand schien die Stiege zum Vorratskeller hinab zu kommen.

„Schnell, geh!", flüsterte ich. „Geh, bevor dich hier jemand sieht. Tu so, als hättest du die Vorräte kontrollieren wollen."

Ohne weitere Worte gehorchte sie, ließ Becher und Krug bei mir und verschwand lautlos. Und ich war wieder allein, doch ich hoffte, dass mein Vater bald von seiner Reise zurückkehren und mich aus diesem Loch befreien würde.

Er kam, das hörte ich durch das Fensterchen zum Hof. Er kam, er hörte, was seine Frau zu erzählen hatte, und er fluchte. Er ging ins Haus, und nach einer Stunde ließ er mich holen.

Zum Glück war es einer unserer eigenen Knechte, der mir eine Decke zuwarf, damit ich meine Blöße bedecken konnte, und mich dann stützte, als ich mühsam die Stufen der Treppe erklomm. Meine Beine zitterten, ich war fast zu schwach zum Gehen und immer noch ganz steif vor Kälte und wegen der verkrusteten Striemen auf meinem Rücken. Doch ich war froh, dem Kellerloch endlich zu entkommen.

Ich wurde ins Kaminzimmer geführt, wo er beim Feuer saß. In der Ecke beim Tisch saß Loretta, sonst war niemand anwesend. Der Knecht ließ mich in der Mitte des Zimmers stehen, und obwohl ich leicht schwankte, bot man mir keinen Sessel an. Nun also. Ich wartete.

Mein Vater sah mich nicht an, sondern starrte schweigend ins Feuer und stocherte mit dem Schürhaken, der vorgestern meine Unschuld gerettet hatte, ziellos darin herum. Als er schließlich doch sprach, erschrak ich fast.

„Du hast uns allen das Leben gründlich erschwert", stellte er fest.

Ich holte Luft, um etwas zu erwidern, doch er hob die Hand. „Schweig! Du hast kein Recht mehr, zu sprechen. Du hast überhaupt keine Rechte mehr. Was glaubst du, wie wir jetzt vor dem König und dem ganzen Land dastehen? Meine Tochter, ehrlos und unkeusch! Du solltest dich bis ans Ende deiner Tage schämen für die Schmach, die du damit über uns alle gebracht hast."

„Vater", brachte ich hervor, doch wieder unterbrach er mich.

„Es tut nichts zur Sache, ob du dich ihm hingegeben hast oder nicht. Allein eure Küsse, als ihr euch unbeobachtet gefühlt habt, rechtfertigen eine Auflösung der Verlobung. Ich werde Meister Bonifaz für diesen Vertragsbruch unsererseits sehr viel Geld zahlen müssen, und unsere Ehre ist damit noch immer nicht wieder hergestellt. Du kannst dich darauf verlassen, dass ich dich schnellstmöglich an jemand anderen verheiraten werde – falls sich überhaupt noch jemand findet, der dich freiwillig nimmt. Andernfalls wirst du ins Kloster gehen."

Ich ließ den Kopf hängen und flüsterte, „Ja, Vater."

„Jemand soll sich um deinen Rücken kümmern", ordnete er an, „und zieh diese Lumpen aus. Deine Mutter wird später nach dir sehen."

Meine Mutter, ha! Loretta, die die ganze Zeit über geschwiegen hatte, schien zu sehen, was in mir vorging, doch außer mir einen kühlen Blick zuzuwerfen verschonte sie mich mit ihrer Reaktion.

Ich machte mich auf den mühsamen Weg zur Küche. Dort würde ich etwas zu trinken bekommen und jemanden finden, der Elisabeth für mich suchen konnte.

Sie kam auch, nach wenigen Minuten, als hätte sie nichts Besseres zu tun, als darauf zu warten, sich meiner annehmen zu können.

„Legt Euch dorthin, auf den Bauch." Sie wies auf meine Bank, auf die sie eine Decke und ein weiches Lammfell gelegt hatte. Vorsichtig, fast zärtlich, begann sie dann damit, mit warmem Wasser das Blut und die getrockneten Fetzen meines Kleides aufzuweichen und von meinem geschundenen Rücken zu lösen. Dann zerstieß sie frische Kräuter und stellte eine wohltuende Salbe her, die sie mir behutsam auf die Striemen strich und meinen Rücken dann mit einem Leintuch abdeckte. Die Schmerzen ließen langsam nach. Ich seufzte und ergab mich ihren heilenden Händen, und als ich dann noch den Becher mit heißem Kräuteraufguss, den sie mir reichte, geleert und sie mich warm zugedeckt hatte, wurde ich innerlich ganz ruhig und gab mich der bleiernen Müdigkeit hin, die mich auf einmal erfasst hatte.

Ob Loretta nun nach mir gesehen hatte oder nicht, wusste ich nicht. Immerhin hatte mich niemand geweckt, und als ich aufwachte, war schon wieder Tag, eine weitere Nacht vergangen, und ich fühlte mich um Welten besser.

Und da war Elisabeth wieder, als sei sie die ganze Zeit nicht von meiner Seite gewichen, reichte mir einen Becher Wasser und ein Stück frisches, duftendes Brot und erneuerte die Salbe auf meinem verletzten Rücken. Danach legte sie mir einen Verband an, damit ich aufstehen konnte. „Ihr heilt", sagte sie freundlich, „Euer Körper ist kräftig. Trotzdem werdet Ihr wohl Narben zurückbehalten, das tut mir leid."

„Ach –" Ich winkte ab. „Das macht nichts. Falls mich tatsächlich jemand heiraten sollte, dann wird das niemand sein, dem ich gefallen will. Und im Kloster interessiert so etwas ohnehin niemanden."

Diese bitteren Worte überging Elisabeth und half mir, mich aufzusetzen. „Ihr solltet Euch waschen und Euch etwas anziehen, dabei werde ich Euch helfen. Und dann hat die Herrin mir aufgetragen, Euch leichte Arbeit zu geben. Das werde ich tun. Ihr könnt Euch draußen im Hof in die Sonne setzen und aufpassen, dass keins der Kinder in den Brunnen fällt." Sie lächelte verschmitzt.

Das tat ich. Gewaschen und neu gekleidet und mich schon fast wieder menschlich fühlend, saß ich im Hof, bis die Aprilsonne unterging und es kühl wurde. Dann wollte ich zurück in die Küche und zu meiner Bank gehen, doch als ich am Speisesaal vorbeiging, sah ich, dass die Tür einen Spalt weit offenstand, und weil um diese Zeit dort eigentlich niemand sein sollte, lugte ich in den großen Raum hinein.

Am anderen Ende, dort, wo die Dämmerung die Ecken schon in Schatten tauchte, sah ich zwei Figuren an der Wand, die sich gerade voneinander lösten, nachdem sie offensichtlich etwas getan hatten, das nur verheiratete Leute tun sollten. Leise Stimmen drangen zu mir herüber, und ich erkannte Falkos und zu meinem grenzenlosen Erstaunen die von Sophia.

Sophia? Wie interessant. Meine Neugier war größer als meine Bestürzung. Diese ach so tugendhafte Jungfrau im heiratsfähigen Alter war gar keine Jungfrau mehr? Und hatte sich an diesen furchtbaren Kerl verschenkt?

Ich beobachtete, wie Sophia ihre Röcke glättete und Falko seine Hose richtete. Dann hörte ich, wie sie ihn schüchtern fragte, „Kannst du mir ein paar Heller geben? Die Kräuter sind mir ausgegangen, und die alte Frau unterm Mühlrain ist die einzige, die sie mir beschaffen kann. Aber sie verlangt immer mehr Geld, damit sie mich nicht verrät."

„Kräuter?" Falko schnaubte verächtlich. „Ist doch nicht mein Problem. Du bist diejenige, die sich erhofft, jemanden zu heiraten, der besser ist als ich. Also kümmere dich drum, dass –"

„Will ich doch gar nicht!", entgegnete Sophia weinerlich. „Das weißt du doch! Aber ich muss so tun, als ob, sonst fällt es auf, und wenn ich schwanger würde, würde meine Mutter mich umbringen. Aber wenn ich so viel Geld aus ihrem Kästchen nehme, wie die Frau jetzt verlangt, wird es ihr womöglich auffallen."

Da beugte Falko sich zu ihr, strich ihr mit einem Finger leicht den Hals entlang und verlegte sich auf's Schmeicheln. „Komm, meine Schöne. Du bist geschickt, das weiß ich. Nimm es jetzt auf dich, deine Mutter wird schon nichts merken, und denke daran, dass wir zukünftig solche Sorgen nicht mehr haben werden."

Dann verließ er sie ohne weitere Zärtlichkeiten und nahm den Ausgang, der den Saal mit der Küche verband, während Sophia auf die Tür zustrebte, hinter der ich stand.

Ich machte, dass ich fortkam, drückte mich eine Weile beim Stall herum, bis Falko meiner Meinung nach genug Zeit gehabt hatte, die Küche wieder zu verlassen, und ging dann zurück. Was sollte ich mit dem Wissen über diese skandalöse Beziehung zwischen Sophia und dem Knecht ihrer Mutter anfangen? Konnte ich dieses Wissen irgendwie gegen sie benutzen?

Vermutlich nicht. Man würde mir wohl nicht einmal so lange Gehör schenken, bis ich die Angelegenheit zu Ende erzählt hatte, da konnte ich es auch gleich ganz bleiben lassen. Und als ich genauer darüber nachdachte, stellte ich fest, dass mir herzlich egal war, wem sich Sophia in dunklen Ecken hingab. Die Hauptsache daran war für mich, dass Falkos Interesse sich nun meiner Stiefschwester zugewandt hatte, aus welchen Gründen auch immer, und dass ich deswegen so lange vor ihm sicher war.

Mit dieser Feststellung legte ich mich auf meine Bank beim Herdfeuer, ließ Elisabeth ihre Wunder mit der Salbe und dem Kräuteraufguss vollbringen und schlief die Nacht über tief und fest.

12

Tage und Wochen vergingen. Wie viele es waren, weiß ich nicht, denn ich zählte nicht mehr. Irgendwann wurde der April zum Mai, und das Leben ging weiter. Ich arbeitete wie zuvor, und alles war beim Alten, bis auf die Tatsache, dass mein Vater immer mürrischer wurde, je mehr Absagen er von potentiellen Heiratskandidaten für mich erhielt. Maria und Sophia hingegen konnten sich vor Bewerbern kaum retten, seit sie auf dem Ball des Königs ihren ersten gesellschaftlichen Auftritt in dieser Gegend gehabt hatten. Doch noch erhielt kein Mann eine Zusage meines Vaters, denn wer konnte wissen, ob nicht jemand daherkam, der noch adliger oder noch reicher war?

Mich kümmerte das alles nicht. Ich verzehrte mich nach Johann, von dem ich nichts mehr gehört hatte.

Und dann kam wieder eine königliche Einladung. Diesmal wusste ich, dass ich gar nicht erst zu fragen brauchte, ob ich mitgehen durfte: Ich hatte seit Meister Bonifaz' Abreise den Hof nicht mehr verlassen dürfen. Umso erstaunter war ich, als Loretta ein Postskriptum vorlas, das sogar ihre Stimme ungläubig stocken ließ.

„Seine königliche Hoheit, Prinz Johann, bittet darum, dass dem Ball dieses Mal alle drei Töchter von Hohenhain beiwohnen."

„Was?", fragte Maria entrüstet. „Das kann nicht sein Ernst sein. Warum sollte er darauf bestehen, dass Carlotta auch mitkommt?"

„Keine Sorge", beruhigte sie ihre Mutter, die natürlich schon einen Plan hatte. „Carlotta kommt nicht mit. Der Hof weiß ja, dass Euer Vater schon eine Tochter hatte, und da die Einladung an alle unverheirateten jungen Damen geht, haben sie Carlotta der Vollständigkeit halber auch eingeladen. Inzwischen dürfte sich ja herumgesprochen haben, dass die Verlobung geplatzt ist. Sie können sich nicht ernsthaft wünschen, ein Mädchen von so schlechtem Ruf auf ihrem Ball willkommen zu heißen, aber aus Höflichkeit müssen sie sie dennoch einladen."

„Und was sagen wir, wenn sie nach ihr fragen?", warf Sophia, die Heuchlerin, sorgenvoll ein.

„Dann sagen wir, dass ihr Vater sie ins Kloster geschickt hat!", erklärte Loretta. „Da wird sie sowieso landen, wenn sich innerhalb des nächsten Monats niemand findet, der sie nimmt."

Mit Schrecken vernahm ich diese Neuigkeit. Dass mein Vater ein Ultimatum gesetzt hatte, davon hatte ich nichts gewusst. Schnell verbarg ich mich hinter der Ecke des Stalls, als Loretta zufällig in meine Richtung blickte. Niemand brauchte zu wissen, dass ich gelauscht hatte. Ihre Schadenfreude hätte ich nicht ertragen. Ich ging wieder an die Arbeit.

„Ihr solltet hingehen", sagte Elisabeth am Abend zu mir. „Allein schon deshalb, damit Ihr mal eine kleine Freude habt."

„Du verstehst nicht", sagte ich verzagt. „Was nützt es denn? Ich kann mich dem Prinzen nicht zu erkennen geben, und selbst wenn – er würde mich verachten."

„Ihr sollt Euch ihm ja auch nicht zu erkennen geben. Aber was meint Ihr mit ‚selbst wenn‘? Gibt es denn noch einen anderen Grund, weshalb er Euch nicht erkennen darf?"

Ich wandte den Blick ab, denn ich hatte mich verraten. Elisabeth musste nicht wissen, dass ich Johann besser kannte, als gut für mich war.

„Geht hin", flehte sie. „Geht hin, dort bekommt Ihr gutes Essen, guten Wein, Ihr könnt tanzen und Euch ein wenig freuen. Bitte! Solange Euch niemand erkennt, weiß niemand um Euren Ruf!"

„Ich habe keinen Grund, mich zu freuen!", entgegnete ich ein wenig heftiger als gewollt. „Ach verzeih, Elisabeth. Alles erscheint mir so trostlos."

„Geht hin", bat sie mich noch einmal. „Tut es mir zuliebe. Tut es Eurer Mutter zuliebe, die, Gott hab sie selig, bestimmt nicht gewollt hätte, dass Ihr Euch der Trostlosigkeit hingebt!"

Ich verzog das Gesicht und seufzte. Elisabeth war klug, und sie wusste genau, dass die Erwähnung meiner Mutter mein Herz erweichen würde.

Also warteten wir am nächsten Abend, bis Loretta und ihre Töchter sich gackernd und schwatzend auf den Weg gemacht hatten, bevor wir uns wieder in Elisabeths Kammer zurückzogen, sie mir beim Ankleiden half, meine Haare flocht und mich in den Einspänner setzte, den Thomas treu zum Königshof fuhr.

Zu meinem Erstaunen erinnerte man sich am Eingang an mich, und auch Junker Ingolf schien erfreut, mich zu sehen. Der heutige Ball war kleiner als der letzte; fast schien es mir unvorsichtig, doch gekommen zu sein: In einer kleineren Gesellschaft konnte ich leichter auffallen. Doch Loretta und ihre Töchter, und auch Johann, sah ich nur von fern. Maria und Sophia hingen an seinen Armen, an jeder Seite eine, und ebenso an seinen Lippen, während sie ihm schöne Augen machten und Loretta die drei mit Wohlwollen betrachtete. Fast hätte ich gelacht, wenn mich nicht unversehens Eifersucht gepackt hätte: Glaubten diese zwei eitlen Hühner denn, der Prinz könne sich ernsthaft für eine von ihnen interessieren?

Und dann musste ich mir eingestehen: Warum denn nicht? Sie waren adlig, sie waren reich, wohlerzogen und eine hübscher als die andere. Zwei gute Partien, und das Schlimmste daran wäre, dass Johann sich für eine von ihnen entscheiden müsste. Ich wandte mich angewidert ab und nahm einen großen Schluck vom Wein.

Ich langweilte mich ein wenig. Natürlich versuchte ich hin und wieder, in Johanns Nähe zu gelangen, und sei es nur, um einen kurzen Blick auf ihn zu erhaschen, vielleicht sogar seinen Duft wahrzunehmen, mir die Erinnerung an seinen Kuss lebendig zu halten, auch wenn sie mich schmerzte ob ihrer Vergänglichkeit. Doch Lorettas Töchter schienen ihn nicht aus den Augen oder aus den Armen zu lassen, und ihm schien es sogar zu gefallen. Er sprach mit Loretta, scherzte mit Sophia, schenkte Maria ein Lächeln … All das wollte ich nicht mit ansehen. Die Musik und der Tanz vergnügten mich zwar und ließen mich meine ausweglose Situation kurz vergessen, doch als meine Beine müde wurden, verließ mich die Freude. Deshalb verabschiedete ich mich schließlich, hatte ich doch schon bemerkt, dass auch Junker Ingolf seine Geduld daran aufrieb, mich auf fröhliche Gedanken zu bringen, und trotzdem von meiner Trübsal angesteckt zu werden drohte.

Langsam wanderte ich die Gänge zum Ausgang entlang, betrachtete hier ein Gemälde, dort einen kostbaren Wandteppich, als ich hinter mir eine Stimme vernahm. Seine Stimme.

„Baroness Nora von Bertholdsheim."

Ich fuhr herum. Dort stand er, mit einem Lächeln in den Augen. Ich antwortete nicht, starrte ihn nur durch meinen Schleier hindurch an.

„Ihr wundert Euch wohl, dass ich mir Euren Namen gemerkt habe?", fragte er und kam einen Schritt auf mich zu. Ich musste an mich halten, um nicht vor ihm zurückzuweichen. „Ich gebe zu, er ist etwas Besonderes, dieser Name. Ihr seid etwas Besonderes. Man trifft nicht alle Tage eine so geheimnisvolle Frau, die den Namen, den sie trägt, schon seit gut neunzehn Jahren eigentlich nicht mehr führt, sich mit einem erdachten Titel aufwertet, und die dazu noch – verzeiht meine direkten Worte – vor etwa acht Monaten das Zeitliche gesegnet hat."

Ich schnappte nach Luft und schlug mir dann die Hand vor den Mund, um in meinem Schrecken nicht doch etwas zu sagen.

„Ihr wollt nicht mit mir sprechen, das habe ich schon gemerkt", sagte Johann freundlich. „Das macht nichts. Aber es nützt auch nichts. Denn ich weiß, wer

Ihr seid. Keine Baroness, und schon gar keine Magd. Nein, das seid Ihr wahrlich nicht.“

Damit kam er auf mich zu. Mir stockte der Atem, doch ich konnte mich nicht rühren, konnte nicht fliehen, wollte es auch eigentlich nicht – und er nahm den Saum meines Schleiers vorsichtig in beide Hände und hob das zarte Gewebe an, wie ein Bräutigam, der seine Braut am Tag der Hochzeit zum ersten Mal erblickt.

„Carlotta“, sagte er mit weicher Stimme, und da war wieder dieses Kribbeln in meinem Bauch, wie ich es bei unserem Kuss verspürt hatte.

Und dann wurde mir mit einem Schlag bewusst, dass wir nicht mehr im Stall waren, dass ich keine Magd und er noch viel weniger ein Bauernsohn war, und ich schreckte zurück, schlug meinen Schleier wieder vor mein Gesicht und fiel vor ihm auf die Knie. „Eure Königliche Hoheit, ich –“

„Lass das sein!“, unterbrach er mich jäh. Er klang erschrocken und sogar verärgert. „Steh auf, was soll denn das!“ Er beugte sich zu mir und umfasste meinen Arm, um mir aufzuhelfen, doch ich verharrte eisern am Boden.

„Mein Prinz“, begann ich und kämpfte darum, meine Stimme nicht zittern zu lassen, „ich bin nicht sicher, wie ich mich verhalten soll und was Ihr von mir erwartet. Ich frage mich, warum Ihr Euch mir nicht früher zu erkennen gegeben habt. Wolltet Ihr Euch einen Spaß mit mir treiben? Wenn das der Fall ist, so habt Ihr sicherlich das Recht dazu, aber … ich habe in letzter Zeit den Eindruck gewonnen, der Spaß sei für Euch vorbei und ebenso die Zeit, in der Ihr Euch für mich interessiert habt. Falls ... falls Ihr Euch jemals für mich interessiert habt."

„Carlotta!" Sein Ausruf war von Bitterkeit gefärbt und auf einmal war er ebenfalls auf den Knien, griff mir an die Schultern und schüttelte mich leicht. „Ich bitte dich. Glaubst du wirklich, du wärst nichts als ein Zeitvertreib für mich gewesen? Und was soll ich denn sagen? Man hat mir erzählt, du seist ins Kloster gegangen!"

Ich hielt meinen Blick weiterhin hartnäckig gesenkt. „Ich muss mich bei Euch für so vieles entschuldigen. Und ich verstehe nicht, warum Ihr überhaupt – warum Ihr nie gesagt habt, wer Ihr seid. Was soll eine wie ich denn anderes denken als dass ein Prinz, der tun und lassen kann, was er will, sich einen Spaß treiben will? Ich hätte Euch –"

Erschrocken hielt ich inne, denn hinter uns wurden Stimmen laut. Frauenstimmen. Loretta! Gleich würden sie um die Ecke kommen und uns entdecken ...

„Sie dürfen mich hier nicht sehen!", flüsterte ich ängstlich und sprang auf. Ohne ein Wort des Abschieds rannte ich los, den Gang hinunter, bog an der nächsten Möglichkeit ab und hielt inne, um zu lauschen.

Loretta und ihre Töchter taten recht überzeugend so, als wären sie zufällig auf Johann getroffen, obwohl ich mir sicher war, dass sie ihm gefolgt waren. Das schwärmerische Geschnatter ging wieder los und ich wusste, dass Johann, ganz der Kavalier, die beste Laune vortäuschen und makellose Konversation machen würde. Die Stimmen entfernten sich und ich lehnte mich schwer atmend gegen die Wand des Ganges.

Ich hätte so gerne mit ihm geredet! Ihm all die Fragen gestellt, die mir auf dem Herzen lagen und die mich während der letzten Tage und Wochen unglücklich gemacht hatten. Doch er war der Sohn des Königs! Sogar während der wenigen Worte, die ich eben mit ihm gewechselt hatte, hatte ich mich ihm gegenüber wohl ungebührlich verhalten, indem ich von ihm eine Rechtfertigung für sein Verhalten verlangt hatte.

Aber es war egal. Ich würde ihm nie mehr begegnen, dessen war ich mir sicher. Ich würde nach Hause fahren und meine Pflichten wieder aufnehmen, ich würde in der Asche schlafen und darauf warten, dass mein Vater die endgültige Entscheidung traf, mich ins Kloster zu schicken. Dort würde ich für den Rest meines Lebens beten und weiter arbeiten, aber ich wäre immerhin vor Lorettas Hass und ihren Demütigungen geschützt.

Traurig ging ich weiter, verließ das Schloss, fand Thomas und den Einspänner und ließ mich nach Hause fahren.

Anders als beim letzten Mal war alles ruhig, als ich zurückkehrte. Ich erzählte Elisabeth, was passiert war, ließ mir von ihr ein paar tröstende Worte sagen, die ihre Wirkung allerdings verfehlten, zog mich um und gab ihr das blaue Seidenkleid zur Aufbewahrung zurück. Dann ging ich hinüber zum Wohnhaus, das in nächtlicher Stille über dem Hof aufragte, weil ich wusste, dass mein Vater seinen leeren Weinkrug und Becher gewöhnlich abends im Kaminzimmer stehen ließ. Dort wollte ich noch aufräumen, bevor ich schlafen ging, denn andernfalls wären Vater und Loretta am Morgen verärgert und würden mich womöglich fragen, was ich den Abend über getan hatte.

Das Feuer war fast heruntergebrannt, nur ein leichter gelber Schimmer erhellte das Zimmer und die zwei Sessel, die vor dem Kamin standen. Der Weinkrug stand leer auf dem Tisch, doch der Becher fehlte.

„Carlotta?", fragte da eine müde Stimme aus einem der beiden Sessel, und erschrocken fuhr ich herum. Mein Vater saß dort, ich hatte ihn nicht erwartet und daher nicht direkt gesehen, nur sein Arm auf der Lehne und der Weinkelch, den er hielt, waren für mich sichtbar.

„Ja, Vater?", fragte ich und trat zögerlich auf ihn zu. Mir war, als hätten wir wochenlang nicht mehr miteinander gesprochen, und vielleicht stimmte das sogar. Seit seiner bitteren Predigt nach Meister Bonifaz' Abreise hatten wir kaum mehr als ein paar Worte gewechselt.

Er beugte sich vor und sah mich mit müden, hoffnungsvollen Augen an. „Ist noch Wein da?"

„Nein, aber ich kann welchen holen." Flink nahm ich den Krug vom Tisch und wollte mich zur Tür wenden, doch er hielt mich mit seinen Worten zurück.

„Nicht nötig, ich hatte für heute wohl genug. Setz dich ein wenig zu mir."

Ich stellte den Krug zurück und nahm Platz in dem zweiten Sessel vor dem heruntergebrannten Feuer, zog die Knie unters Kinn und umschlang sie mit den Armen. Schüchtern betrachtete ich meinen Vater. Sein Haar war grau geworden, irgendwann während des letzten Jahres – das stellte ich betroffen fest, doch die Falten auf seiner Stirn hatten sich nicht vertieft. Tat es ihm gut, wieder verheiratet zu sein? Ich hatte mich damit abgefunden, dass er Mutter begraben hatte, auch in seiner Erinnerung. Sie war gestorben, und das Leben ging weiter. Doch was wollte er nun von mir?

Schweigend starrte er eine Weile in die Glut, bevor er mich schließlich ansah. „Wer ist der Kerl, den du im Stall geküsst hast?"

Ich schlug beschämt die Augen nieder. Sein Ton war nicht anklagend oder zornig gewesen, und trotzdem schämte ich mich. Weniger vor ihm als vor mir selber, und vor Johann. „Er ist aus dem Dorf", sagte ich ausweichend. „Er … er bringt immer die Abgaben der Mühle."

„Aber wie heißt er, wer ist er, wo kommt er her? Ich habe ihn nie vorher gesehen. Der Sohn des Müllers ist er nicht, den kenne ich."

„Er hilft aus", antwortete ich. „Er ist noch nicht lange hier. Wo er vorher war, weiß ich nicht. Er heißt Johann." Traurig lächelte ich. „Wie der Prinz."

„Hm." Grübelnd nahm mein Vater den Schürhaken und begann, damit in der Glut herumzustochern. „Und was reizt dich an ihm?"

„Reizte." Traurig seufzte ich. „Er ist nicht mehr gekommen, seit Loretta es ihm verboten hat. Er … er wusste selber, dass er mich in eine gefährliche Lage gebracht hat. Was ich an ihm mochte, war …" Ich zögerte, denn auf einmal saß mir ein Kloß in der Kehle. Ich vermisste ihn so, den schmutzigen, zerzausten Johann. Seine königliche Hoheit hingegen konnte mir gestohlen bleiben. Ich schluckte und sammelte mich. „Seine Fröhlichkeit. Und dass ich ihm wichtig war. Und dass er sich mir gegenüber anständiger verhalten hat als so mancher unserer eigenen Knechte."

Missbilligend schüttelte mein Vater den Kopf. „Anständig? Indem er sich dir in einem Heuschober nähert?"

„Es war nur ein Kuss! Und danach hat er sich entschuldigt. Er hat mich nie unsittlich berührt oder mir irgendwelche Versprechungen gemacht, um sich von mir Gefälligkeiten zu erkaufen. Er hat außerdem deutlich bessere Manieren als ein gewöhnlicher Knecht. Er hat sogar bessere Manieren als ich."

Mein Vater sah mich prüfend an. „Nie unsittlich berührt? Heißt das, du hast dich ihm nicht hingegeben?"

Frustriert warf ich die Hände in die Luft. „Natürlich nicht! Das habe ich doch schon mehr als einmal gesagt. Außer diesem einen Kuss ist nie etwas passiert!"

Lange betrachtete er mich und sagte dann, „Ich glaube dir. Leider macht das aber keinen Unterschied mehr. Du bist nun mal mit ihm gesehen worden, und die Leute reden. Das ganze Dorf weiß über deine kleine Affäre Bescheid, und du hast keine Ahnung, wie viel Beileid man mir schon für meine lasterhafte Tochter ausgesprochen hat. Nicht unbedingt in so direkter

Weise, aber dein Ruf ist ruiniert, und meiner ebenso, falls ich nicht die entsprechenden Konsequenzen ziehe."

Ich seufzte und schwieg. Ich verstand ihn. Er hätte mich sogar noch viel härter bestrafen können, als Loretta es getan hatte. Und ich wollte nicht dafür verantwortlich sein, dass die Leute sich in ihm getäuscht fühlten.

„Du bist meine Tochter, Carlotta", sagte er in einem Ton, der fast zärtlich klang, „und ich liebe dich. Aber ich werde dich fortschicken müssen. Im Nonnenkloster zu Fallersberg sind sie bereits über deine Situation informiert und bereit, dich aufzunehmen. Trotzdem will ich noch einige Wochen warten, denn es gibt noch einige Herren, denen ich eine Hochzeit mit dir angeboten habe, von denen ich noch keine Absage erhalten habe."

Jetzt war es an mir, reglos in die Glut zu starren. Ich wusste nicht, welche Möglichkeit mir weniger verhasst war: Eine Heirat oder der Gang ins Kloster.

Schließlich fragte ich schüchtern: „Was ist eigentlich mit Lorettas Töchtern? Sie sind doch noch älter als ich, warum bleiben sie immer noch unverheiratet? Könntet Ihr nicht sie verheiraten, um von mir abzulenken und mir so noch etwas Zeit zu geben? Maria und Sophia sind so schön und begehrt, dass sicher sehr prunkvolle Hochzeiten zustande kämen. Jeder würde sehen, wie wunderbar Eure zwei ältesten Töchter sind, wie hochgestellt ihre Ehemänner, sodass es niemanden mehr zu kümmern brauchte, was mit der dritten Tochter passiert. Oder …?"

Doch Vater schüttelte den Kopf, nicht ohne einen Anflug von Bedauern. „So einfach ist es leider nicht. Marias erstgeborener Sohn wird einst mein Amt übernehmen, und der Mann, der diesem Erben ein Vater sein soll, muss sorgfältig ausgesucht sein. Ebenso Sophias zukünftiger Gatte. Die Bewerber für die beiden können an Reichtum und gutem Ruf bislang kaum überboten werden. Und trotzdem scheint es sich deine Mutt- Loretta in den Kopf gesetzt zu haben, dass eine von ihnen den Prinzen heiraten soll!" Er lachte verständnislos auf. „Absurd, nicht wahr? Aber andererseits würde ich es Loretta zutrauen, eine solche Verbindung zu stiften."

Ich kaute auf meiner Unterlippe herum. Ja, auch ich würde mich nicht wundern, wenn Loretta ein solches Kunststück bewerkstelligte. Und falls Johann wirklich eine meiner eitlen Schwestern heiraten sollte – dann würde ich sogar freiwillig ins Kloster gehen.

„Sie dürften bald zurückkommen", sagte mein Vater da und riss mich aus meinen Gedanken. „Geh ruhig, ich will dich nicht länger von deinem Bett fernhalten, du bist sicher müde und willst ihnen außerdem aus dem Weg gehen."

Ich nickte und stand auf, und wie in alten Zeiten, als ich noch ein kleines Mädchen gewesen war, ging ich zu Vater, beugte mich zu ihm hinab und gab ihm einen Kuss auf die Stirn. Er sah zu mir auf und lächelte, und ich wurde traurig, weil ich ihm so vieles nicht sagen konnte. Also erwiderte ich nur sein Lächeln und wandte mich ab. „Gute Nacht."

Hinter mir hörte ich, wie er weiter ziellos in der Glut herumstocherte.

13

Etwa zwei Wochen später sagte mir mein Vater, dass ich zwei Tage Zeit hätte, um mich auf die Abreise ins Kloster vorzubereiten. Ich versuchte, mich zu weigern. Ich weinte, ich flehte, ich stampfte sogar mit dem Fuß auf, doch es half nichts. Wieder war ich versucht, einfach wegzulaufen. Doch ein solches Unterfangen war immer noch genauso sinnlos und lebensmüde wie bisher.

Ich versuchte also, mich mit dem Gedanken anzufreunden, den Rest meiner Tage im Gebet und frommen Tun zu verbringen. Immerhin würde ich viel an der frischen Luft arbeiten können, und Arbeit war ich ohnehin gewohnt. Für Johann war ich gestorben und er für mich, was hielt mich also noch hier? Auch die erneute Einladung zu einem Ball am Königshof, die vor einigen Tagen eingetroffen war, entrang mir weniger als ein müdes Lächeln. Nein, dieses Mal würde ich nicht hinfahren.

Am Tag vor der Abreise wollte ich morgens Elisabeth suchen, um sie zu bitten, mir bei der Auswahl derjenigen Habseligkeiten zu helfen, die ich mitnehmen würde. Im Hauptturm und in der Küche war sie nicht, dort sagte man mir, sie sei im Backhaus, also machte ich mich auf den Weg dorthin.

Als ich zu dem kleinen Platz hinter dem Stall kam, wo ich mich dereinst mit Johann versteckt hatte, sah ich Sophia. Sie war dabei, sich geräuschvoll in einen der Misthaufen zu übergeben, die dort lagen und einmal pro Woche fortgekarrt wurden. Sie würgte und spuckte, und ich hielt an, weil ich nicht einfach so vorbeigehen wollte. Fast hätte ich sie gefragt, ob sie krank sei – und dann fiel mir ein, dass sie auch in den letzten Tagen morgens recht grün im Gesicht ausgesehen hatte und auch noch unleidlicher gewesen war als gewöhnlich. Ich verspürte einen Anflug von Schadenfreude. Also wartete ich, bis sie fertig war und sich umdrehte, bemerkte mit Genugtuung, dass sie ob meiner Anwesenheit erschrak, und sagte, „Die Kräuter haben wohl nicht gewirkt, wie? Oder hast du nicht genügend gute Heller bezahlen können? Hat Falko sich nicht doch noch erweichen lassen?"

„Woher weißt du –?" Sophia sah aus, als wolle sie mir an die Gurgel gehen, machte aber nicht einmal einen Schritt auf mich zu. Sie sah elend aus und schwach und wusste wohl, dass sie gegen mich nichts hätte ausrichten können.

„Du kannst dir deinen Spott sparen", fauchte sie stattdessen. „Hast ja nur Glück, dass dir das nicht auch passiert ist mit deinem Bauerntölpel. Und ich werde es wieder loswerden, das kannst du mir glauben. Gleich morgen hole ich mir die nötigen Kräuter von der Frau aus dem Dorf."

„Und du glaubst, die helfen besser als die, die du bisher genommen hast?" Ich lächelte zynisch. „Viel Glück. Sieh nur zu, dass du heute Abend auf dem Ball nicht auch so krank und erbärmlich aussiehst wie jetzt, sonst findet sich womöglich kein guter Ehemann für dich, und der Prinz schaut dich überhaupt nicht mehr an."

„Ich will doch gar nicht –" begann sie und brach dann ab, als hätte sie bereits zu viel gesagt. „Du darfst es niemandem sagen!", stieß sie hervor und legte eine Hand auf ihren rebellierenden Magen. „Niemandem, hörst du? Sonst –"

„Sonst was?", unterbrach ich sie. „Sonst schiebst du mir wieder irgendeine Schandtat in die Schuhe, die du selber verbrochen hast? Oder sorgst gar dafür, dass ich ins Kloster abgeschoben werde? Ich zittere vor Angst!" Ich hatte nicht vor, sie zu verraten. Sollte sie doch in ihr Unglück rennen, mir war es gleich. Aber auf eine mir gänzlich fremde Weise genoss ich ihre Hilflosigkeit und das Gefühl, dass der Spieß endlich, endlich umgedreht war. Sie war mir ausgeliefert, und auch wenn ich nicht vorhatte, daraus Profit zu schlagen und mich damit auf ihre Stufe herabzulassen, würde ich den Teufel tun, sie dahingehend zu beruhigen.

Ihr jämmerlicher Gesichtsausdruck verstärkte sich, als ihr klar wurde, dass ich Recht hatte. „Was willst du dafür haben, dass du den Mund hältst?", fragte sie verzweifelt. „Geld, Schmuck? Davon kann ich dir etwas besorgen. Oder willst du fliehen? Ich könnte dir dabei helfen. Ich – ich weiß zufällig, dass der Schlüssel zum Tor im Gemüsegarten seit einiger Zeit wieder in der Tür steckt, dort könntest du hinaus …"

Ich nickte nachdenklich und tat so, als müsse ich überlegen. Die Information über den Schlüssel fand ich in der Tat interessant, und sei es nur dafür, meinem geliebten Wald einen Abschiedsbesuch abzustatten. Aber so einfach wollte ich es ihr nicht machen. „Deinen Schmuck will ich nicht. Aber ich werde dir noch mitteilen, ob ich Geld von dir will." Ich wandte mich ab, um zu gehen, doch dann fiel mir noch etwas ein.

„Weiß Falko davon?"

Bedrückt schüttelte sie den Kopf. „Nein, und er wird es auch nicht erfahren. Er würde das Interesse an mir verlieren."

Kopfschüttelnd und ein weiteres spöttisches Lächeln unterdrückend wandte ich mich endgültig ab und ging zum Backhaus.

„Ach Herrin", begrüßte mich Elisabeth traurig und drückte mich an ihre weiche Brust, „es tut mir so leid. Natürlich werde ich Euch helfen, gleich bin ich hier fertig. Ich wünschte nur, Ihr müsstet überhaupt nicht fort. Das Kleid Eurer Mutter, wollt Ihr das mitnehmen? Sie werden Euch wohl nicht erlauben, es zu behalten …"

„Das werden sie sicher nicht", entgegnete ich, „deshalb behalte du es bitte, Elisabeth. Bei dir ist es gut aufgehoben."

„Aber Ihr solltet es noch einmal tragen", sagte sie und schaute mich treuherzig an. „Wirklich, das solltet Ihr!"

Ich stöhnte. Nein, ich wollte wirklich nicht zu diesem Ball. Warum auch? Ich würde nur wieder Johann in die Arme laufen, auf die eine oder andere Art und Weise.

Doch natürlich überredete Elisabeth mich. Sie war klug und kannte mich gut, und sie überzeugte mich schließlich mit dem Argument, dass ich morgen leichteren Herzens ins Kloster fahren würde, wenn ich mich heute endgültig von Johann verabschiedete. Wie immer dieser Abschied auch aussehen mochte. Lebewohl zu sagen, einen Schlussstrich zu ziehen, das würde mir meinen Weggang einfacher machen, und ich konnte dann in der Tat ein neues Leben beginnen. Ich sah ein, dass sie mit dieser Argumentation Recht hatte.

So ging ich denn also mit erhöhtem Eifer an mein Tagwerk, um bis zum Abend mit allem fertig zu sein. Am Nachmittag schließlich ging ich in den Stall, um dem großen braunen Wallach, den ich geritten hatte, seit ich ein Kind gewesen war, Lebewohl zu sagen, denn morgen würde ich in einer Kutsche fahren. Ich stand in seinem Abteil und murmelte leise Worte in sein Ohr, während ich ihm ein Stück Zuckerrübe auf meiner flachen Hand darbot, und da hörte ich auf einmal leise Stimmen beim hinteren Stallausgang. Instinktiv drückte ich mich tiefer in das Abteil, um nicht gesehen zu werden, und spitzte die Ohren. Es waren Falko und Sophia, die sich gedämpft und hastig unterhielten. Den Anfang des Gesprächs hatte ich verpasst, und was ich hörte, ergab nicht viel Sinn.

„ … muss morgen früh passieren", wisperte Falko eindringlich.

„Aber warum jetzt schon?" Sophias Stimme klang weinerlich. „Ich bin doch noch gar nicht so weit."

„Du hast doch die ganze Nacht Zeit, stell dich nicht so an! Du hast mich lange genug hingehalten, ich habe keine Geduld mehr! Oder hast du mich etwa angelogen und an der Nase herumgeführt? Das will ich dir nicht geraten haben!"

„Nein, nein!", wehrte Sophia ängstlich ab, „ich habe dich nicht angelogen, wirklich nicht! Ich mach das schon, keine Sorge."

„Gut", sagte Falko zufrieden, und seine Stimme klang auf einmal viel freundlicher. Dann sagten sie eine Zeitlang nichts. Ich glaubte, das Geräusch von Küssen zu vernehmen, und Falko flüsterte irgendetwas.

„Nein", wehrte Sophia verhalten ab, „nicht jetzt. Ich fühle mich nicht so gut …"

„Das lässt sich ändern", murmelte Falko genüsslich, und obwohl Sophia sich milde wehrte, hörte ich, wie er sie in die Ecke zog, in der das Heu gelagert wurde. Die Ecke, in der Johann mich geküsst hatte … Wehmütig dachte ich an diesen Moment, doch als ich von dort erst leise Worte und dann Sophias unterdrücktes Stöhnen vernahm, gab ich meinem Pferd einen leichten Klaps und schlich mich ungesehen aus dem Stall.

Als ich einige Stunden später am Königshof aus dem Einspänner stieg und mich von Thomas verabschiedete, hatte ich den Zwischenfall schon wieder vergessen. Stattdessen mühte ich mich ab, mir kluge Worte zu überlegen, die ich Johann sagen konnte, wenn ich ihm begegnete. Ich würde ihn nicht mehr anklagen, das hatte ich immerhin beschlossen. Aber was sollte ich sonst sagen? Mich für die schöne Zeit mit ihm bedanken? Oder ihm einfach sagen: „Ich gehe fort, wir sehen uns nie mehr wieder, lebe wohl und viel Glück?" Wie furchtbar. Ich seufzte.

Wie eine alte Freundin wurde ich von Junker Ingolf begrüßt, der mir sogleich Wein einschenkte und mich dann unter die Tanzenden zog, und da ich wusste, dass ich wohl nie wieder tanzen würde, genoss ich es und kostete es aus, wie auch den Wein und das köstliche Essen, dem wir uns danach widmeten. Zum ersten Mal seit ich am Hof war gaben sich sogar der König und die Königin die Ehre. Alle verneigten sich vor dem Paar, und der König hielt eine kleine Ansprache. Johann selbst war mir noch nicht zu Gesicht gekommen, und ich war es zufrieden, blieb mir doch so meine sicherlich dilettantische und demütigende Stotterei noch eine Zeitlang erspart.

Als ich ihn schließlich aus der Ferne entdeckte, war er gerade dabei, Marias Hand galant zu küssen und ihr lächelnd etwas zu sagen, und es wirkte auf mich, als wolle er sich für den Moment von ihr verabschieden.

Was er auch tat. Und dann kam er, als hätte er die ganze Zeit gewusst, wo ich war, in gerader Linie auf mich zu, durch die letzten Tänzer hindurch, diejenigen Gäste ignorierend, die ihn ansprechen wollten, und sogar Junker Ingolf schickte er mit einem nur im entfernten Sinn als höflich zu bezeichnenden Winken fort. Dann stand er vor mir, sah mich an, griff nach meiner Hand, küsste sie langsam und tat so, als gäbe es in dieser Welt nur ihn und mich.

Ich starrte ihn durch meinen Schleier hindurch an und beschloss dann, dass er mir mit keinem Wort zuvorkommen sollte.

„Ich gehe morgen ins Kloster", sagte ich.

„Nein", antwortete er. „Das wirst du nicht."

Ich lachte humorlos. „Und warum nicht, wenn ich fragen darf? Seine königliche Hoheit wird doch nicht etwa ein Verbot aussprechen?"

„Doch, das wird er!", sagte er heftig und ich fragte mich für den Bruchteil einer Sekunde, ob er das wohl tatsächlich ernst meinen könnte. Er fügte hinzu, „Du kannst nicht ins Kloster gehen."

„Ich muss!" Mir war plötzlich nach Weinen zumute. Sollte er sich etwa doch für mich interessieren, jetzt, wo es bereits zu spät war? „Mein Vater hat mir schon so viel Zeit gelass-"

„Carlotta?" Ein ungläubiger Ausruf, und auf einmal stand Loretta neben uns. Sie schien sich überhaupt nicht für Prinz Johann zu interessieren, drängte sich sogar unhöflich zwischen uns und starrte auf mich herab. Dann ergriff sie blitzschnell meinen Schleier und zog ihn mir über den Kopf, sodass ich offen und für jeden erkennbar vor ihr stand. Ihre Stimme wurde auf einmal ganz laut und schrill vor Zorn, und sie lief rot an. „Du bist es wirklich! Eine solche Frechheit hat die Welt noch nicht gesehen! War dir nicht verboten, kleine Schlampe, auf diesen Ball zu kommen? Du gehst morgen ins Kloster, um für deine Unzucht zu büßen, und da wagst du es, am Vorabend auf ein königliches Fest zu kommen? Schämst du dich denn nicht?" Und sie holte aus und gab mir eine schallende Ohrfeige.

Mit offenem Mund starrte ich sie an, mir fehlten die Worte. Um uns herum war es still geworden, und aus den Augenwinkeln nahm ich wahr, dass sich Dutzende Gesichter zu uns gewandt hatten und nun darauf warteten, welch schmutzige Szene sich hier entspinnen würde. Mir war, als würde der Boden unter meinen Füßen langsam zerbrechen und ich könnte jeden Moment in die Tiefe gerissen werden.

Auf einmal wurde Gemurmel laut. „Ist das nicht das Mädchen, das –" und „Sie hat ihren Verlobten betrogen" und „– hat sich wie eine Dirne mit einem Knecht vergnügt –" konnte ich vernehmen und weitere Satzfetzen, bei denen mir das Blut ins Gesicht schoss und sich mein Magen umdrehte.

„Dame Loretta, dürfte ich bitten –", sagte Johann mit verhaltenem Zorn und fasste Loretta am Arm, um sie beiseite zu schieben. Da wurde am anderen Ende der Halle eine befehlsgewohnte Stimme laut.

„Mein Sohn, was geht dort vor sich?", fragte der König, und er und seine Frau kamen gemeinsam durch die Menge geschritten, die ihnen ergeben Platz machte.

Ich war wie am Boden festgefroren. Meine Wange brannte dort, wo Loretta mich geschlagen hatte, doch ich konnte mich nicht rühren. Mein Schleier lag traurig neben mir auf dem Boden, und nachdem Loretta beiseite gewichen war, beugte Johann sich nun hinunter, hob das Schapel und das zarte Tuch auf und hielt es mir hin, als könne er damit irgendetwas wiedergutmachen. Mechanisch nahm ich ihm den Schleier ab, und dann standen der König und die Königin vor uns. Ich schlug die Augen nieder, machte einen tiefen Knicks, das verächtliche Gemurmel verstummte, und der König wiederholte seine Frage, ohne mich aus den Augen zu lassen. „Johann? Erkläre uns bitte, was hier vor sich geht."

Johann räusperte sich und begann. „Vater, dies hier ist das Fräulein Carlotta von Hohenhain. Die Dame Loretta von Hohenhain, ihre Stiefmutter, war wohl der Ansicht, dass unsere Einladung zu diesem Ball nicht für ihre Tochter Carlotta galt, und ist nun überrascht, diese hier zu sehen. Ich bin mir aber sicher, dass es sich hierbei nur um ein Missverständnis handelt."

„Carlotta von Hohenhain?", fragte der König nachdenklich und ich spürte immer noch seinen durchdringenden Blick auf mir. „Geschichten von diesem Skandal sind sogar bis an den Hof gedrungen. Ist sie nicht das Mädchen, d–"

„Sie ist das Mädchen", unterbrach ihn Johann, „das ich heiraten werde."

Stille.

Mein Herz hatte aufgehört, zu schlagen, so ruhig war es geworden. Ich atmete nicht. Der ganze Saal schien die Luft anzuhalten.

„Wie bitte?", fragte da die Königin in die Stille hinein. Das neugierige Lächeln, das vorhin auf ihrem Gesicht gelegen hatte, war plötzlich eingefroren.

Loretta sog scharf die Luft ein und fasste sich entgeistert an die Brust. Mein Herz setzte wieder ein, und als wolle es die Schläge nachholen, die es in meiner Vorstellung verpasst hatte, schlug es mir auf einmal bis zum Hals. Ich hatte mich verhört, ich musste mich verhört haben …

„Ich werde sie heiraten", wiederholte Johann, als sei es das Natürlichste auf der Welt. Und auf einmal setzte das Gemurmel wieder ein. Ich gab mir Mühe, nicht hinzuhören, und knetete das Schapel in meinen Händen so fest, dass meine Knöchel ganz weiß wurden. Mir war, als träumte ich.

„Sie ist das Mädchen, das ihren Verlobten betrogen und damit Schande über ihre ganze Familie gebracht hat", sagte der König. „Natürlich wirst du sie nicht heiraten. Allein der Gedanke ist absurd."

Langsam, Zentimeter für mühsamen Zentimeter, wandte ich den Kopf und sah zu Johann auf. Wie konnte er nur glauben, mit dieser Idee durchzukommen? Wie konnte er mich nur so beschämen?

Johann blickte mit schwindender Zuversicht auf seinen Vater. „Carlotta hat –" begann er und hielt dann inne. Ich sah, wie es in seinem Gesicht arbeitete. Wollte er mich rechtfertigen? Das konnte er nicht, nicht ohne zu lügen, denn ich hatte meinen Verlobten in der Tat betrogen – mit ihm, selbst wenn es nur ein einziger Kuss gewesen war, den wir geteilt hatten. Das schien er einzusehen, denn er holte erneut Luft, setzte erneut an, zu sprechen – und gab entmutigt auf.

Feigling, dachte ich und wandte mich ab. Ohne ihn wäre mein Ruf nie verdorben worden. Und ohne ihn wäre ich längst mit dem furchtbaren Meister Bonifaz verheiratet, ohne ihn … Ohne ihn würde ich mein Leben fortan fristen müssen, und das brach mir das Herz. Er hätte mich retten können, indem er zugab, was er getan hatte, dass er mich in die Heuecke im Stall gezogen und mir einen Kuss gestohlen hatte … In seiner Hand lag es, mich zu retten. Doch er tat es nicht. Feigling, dachte ich erneut. Wie konnte er es denn auch sagen? Zugeben, dass er sich als Knecht verkleidet hatte? Vor all diesen Leuten? Wie blamabel das doch wäre. Eine Träne rann mir die Wange hinab, und ich konnte nichts dagegen tun. Der Feigling.

Ich zwang mich, den Kopf zu heben. „Majestät, Ihr habt Recht. Ich habe Schande über meine Familie gebracht, und nun verderbe ich Euch und Euren Gästen den Ball durch meine Anwesenheit. Vergebt mir, ich sollte überhaupt nicht hier sein." Ich verbeugte mich vor ihm und seiner Gemahlin, wandte mich dann ab und rannte. Ich floh, so schnell mich meine Beine tragen konnten. Ich wollte fort. Ich wollte, dass mein Herz aufhörte, so entsetzlich zu schmerzen. Ich wollte schreien, schluchzen, jammern, ich wollte sterben. Und vor allem wollte ich fort.

Feigling!

Draußen auf dem Hof brach ich auf halber Strecke zu meinem Einspänner unter Tränen zusammen. Ich konnte nicht mehr, ich wollte nicht mehr laufen. Ich wollte, dass die Erde sich öffnete und mich verschlang, dass der Himmel sich auftat und ein Blitz mich erschlug, oder dass mein armes kleines Herz vor Scham einfach den Dienst verweigern würde. Doch nichts davon geschah. Stattdessen fand mich Thomas, hob mich wie ein Kind auf seine Arme, setzte mich in die Kutsche und fuhr mich nach Hause.

14

Ich weiß nicht mehr, wie ich daheim aus den Kleidern kam oder wie auf meine Holzbank. Ich glaube, ich war vom Weinen zu müde, um mich an irgendetwas zu erinnern. Ich schlief tief und fest, bis ich kurz vor dem Morgengrauen aus einem schlimmen Traum aufschrak, in dem Johann mich verspottete und sich der Boden tatsächlich unter mir öffnete, um mich zu verschlingen.

Weil ich nicht wagte, noch einmal einzuschlafen und womöglich noch schlimmer zu träumen, stand ich auf, hüllte mich in meine Decke und ging nach draußen auf den Hof.

Das war sie also, meine letzte Nacht an dem Ort, an dem ich geboren und aufgewachsen war. Eine Nacht voller Abschiede, dachte ich, als ich zum Himmel hinaufblickte und statt eines funkelnden Firmaments nur Schwärze sah. Zugezogen hatte es sich während der letzten Stunden, und ich nahm es dem Himmel persönlich übel, dass er mir in meinen wenigen verbleibenden Momenten hier nicht einen letzten Blick auf die Sterne gewähren wollte.

Der Hof selbst war nur schwach erleuchtet. Am Eingang zum Wohnhaus hingen Fackeln, die fast ganz heruntergebrannt waren, und am Tor bei den Wächtern stand ein Feuerkorb, doch auch der verbreitete nur noch ein leises Glimmen. Alles wartete darauf, dass in einer Stunde die Dämmerung anbrechen würde.

Und da war noch ein Licht, wie ich verwundert feststellte. Jemand war wach im Zimmer meiner Stiefmutter. Ein unruhiges Flackern verriet, dass dort jemand mit einer Kerze zugange war.

Eine Kerze? Ich runzelte die Stirn. Wer konnte das sein, und warum? Loretta war es nicht, das wusste ich; sie stand gewöhnlich spät auf und hatte einen tiefen Schlaf, und falls sie einmal nachts unterwegs war, musste es immer ein Leuchter mit mindestens drei Kerzen sein, denn sie hasste die Dunkelheit. Wenn sie es aber nicht war, war jemand anders in ihrem Zimmer, und außer ihr hatte dort niemand etwas zu suchen, zumindest nicht zu dieser nächtlichen Stunde. Ich beschloss, nachzusehen, was dort drinnen los war.

Ich kannte die Gänge und Zimmer des Wohnturms so gut wie die Innenfläche meiner Hand, deshalb brauchte ich kein Licht, um den Flur entlang und die Stiege hinauf zu Lorettas Zimmer zu gehen. Dort angekommen fand ich die Tür einen Spaltbreit offen vor und sah im Zimmer eine schmale dunkle Gestalt. Lorettas Bett war unberührt, was hieß, dass sie in dieser Nacht mit meinem Vater das Lager teilte.

Die Gestalt war dabei, im Schein der Kerze Lorettas Schmuckschatullen auszuräumen und die wertvollen Stücke eins nach dem anderen in den Lichtschein zu halten und sie zu begutachten. Einige legte sie zurück, doch die meisten ließ sie in einen Beutel gleiten, der offen auf dem Tisch lag. Die Gestalt war Sophia.

Im ersten Moment wollte ich in den Raum stürzen und sie zur Rede stellen, besann mich dann aber und dachte nach. Sie wollte stehlen, das war offensichtlich. Und sie stahl von Loretta. Kümmerte mich das? Nein. Und dann fiel mir ihre Unterhaltung mit Falko wieder ein. „... muss morgen früh passieren ..." Das war also der Plan! Nun, mich sollte es nicht kümmern, und ich wollte mich abwenden. Es war einzig und allein Lorettas Eitelkeit, die darunter zu leiden hatte, wenn ihre Schmuckstücke auf einmal vermisst wurden. Vielleicht würde sie sogar dumm genug sein, mich zu verdächtigen – und das wiederum ließ mich innehalten. Was, wenn sie mich in der Tat verdächtigte? Ich würde es ihr zutrauen. Und etwas anderes fiel mir ein: Loretta bewahrte in diesem Raum nicht nur ihre eigenen Schmuckstücke auf, sondern in einer separaten Schatulle auch die Erbstücke meiner Mutter. Und die würde ich Sophia um nichts in der Welt mitnehmen lassen!

Wieder spähte ich in das Zimmer und sah meine Befürchtung bestätigt: Das Kästchen meiner Mutter stand offen neben der Kerze auf dem Tisch, und Sophia war gerade dabei, ein letztes Schmuckstück in den Beutel zu legen und diesen zuzubinden. Dann nahm sie die Kerze und kam auf die Tür zu, hinter der ich mich verbarg.

Ich wollte sie ansprechen und ihr den Schreck ihres Lebens bereiten, doch ich wusste: Wenn ich das tat, würde sie, die Zimperliche, die Kerze fallen lassen und womöglich einen Brand entfachen. Das konnte ich nicht riskieren, also wartete ich gegen die Wand gedrückt im Gang und folgte ihr leise, als sie den Flur und die Stiege hinunterging. Irgendwann musste sie den Turm verlassen, dessen war ich mir sicher, und dann würde ich sie zur Rede stellen.

Als hätte ich es geahnt, ging sie auf den Hof hinaus und bog ab in Richtung Gemüsegarten. Was sollte das? Aber es tat nichts zur Sache, denn als wir ein Dutzend Schritte gegangen und damit in sicherer Entfernung vom Wohnturm waren, hielt ich den richtigen Zeitpunkt für gekommen.

„Wo willst du denn mit den Juwelen hin, Sophia?", fragte ich sie.

Sophia fuhr zusammen und schrie vor Schreck leise auf. Wider Erwarten behielt sie die Kerze in der Hand, doch sie wackelte bedenklich, als sie sich zu mir umdrehte. Aus großen Augen starrte sie mich eine Sekunde lang an, dann warf sie die Kerze zu Boden und fing an, zu rennen.

Ich fluchte und folgte ihr, und weil ich schon als Kind eine gute Läuferin gewesen war, hatte ich sie schon nach wenigen Schritten so weit eingeholt, dass ich die Kapuze ihres Mantels zu fassen bekam. Ich zog daran, riss sie so zurück, weil sie den Mantel unter dem Kinn mit einer Fibel verschlossen hatte, und mit einem gurgelnden Geräusch taumelte sie und fiel, und ich mit ihr, weil ich über ihre rudernden Beine stolperte. Der Beutel mit dem Schmuck flog in hohem Bogen durch die Luft und landete einige Meter weiter, während Sophia versuchte, mich abzuschütteln und wieder auf die Beine zu kommen, ich sie wieder auf den Boden zog und sie sich schließlich mit einem Schwall derber Schimpfworte, wie ich sie aus ihrem Munde noch nie gehört hatte, auf mich stürzte.

Wir rollten über den Boden, ächzend und stöhnend, während sie versuchte, mir mit ihren zu Krallen geformten Fingern ins Gesicht zu fahren, und ich damit beschäftigt war, sie von mir fort zu schieben. Auf einmal jedoch, während ich wieder einmal die Oberhand hatte, fühlte ich, wie jemand von hinten in meine Haare griff und meinen Kopf erbarmungslos nach hinten zog. Schmerz durchfuhr mich und ich musste Sophia loslassen, musste der eisernen Hand in meinem Haar folgen, die mich hochzog und auf die Füße stellte. Und dann setzte mir Falko, dem die Hand gehörte, mit der anderen ein Messer an die Kehle.

„Wen haben wir denn da?", fragte er mit einem Tonfall, bei dem sich die Härchen in meinem Nacken aufstellten. Sophia rappelte sich halb auf, griff sich an den Hals, wo ich sie mit ihrem Mantel gewürgt hatte, und tastete nach dem Beutel mit dem Schmuck. Das alles sah ich jedoch nur halb, denn Falko hielt meine Haare immer noch schmerzhaft fest und ich konnte meinen Kopf nicht bewegen. Die Schneide des Messers drückte kühl und scharf unter dem Kinn gegen meine Haut.

Endlich hatte Sophia den Beutel gefunden. Sie stand auf und trat zu Falko. „Bring sie um!", sagte sie zu ihm. Ihre Stimme war vor Hass ganz zittrig und heiser.

„Wenn ihr mich tötet, könnt ihr mir den Diebstahl nicht mehr in die Schuhe –" Ich brach ab, denn die

Klinge drückte sich fest an meine Kehle und ich wusste, dass die Haut bald verletzt werden würde, wenn Falko so weitermachte.

„Das müssen wir nicht", fauchte Sophia. „Wir verschwinden nämlich von hier, und du wirst uns nicht aufhalten." Dann wandte sie sich wieder an Falko. „Nun mach schon! Oder muss ich es tun? Darf ich es tun?" Und sie streckte die Hand nach dem Messer aus, um es ihm aus der Hand zu nehmen.

Das lenkte Falko so sehr ab, dass er unabsichtlich den Druck auf meine Kehle lockerte. Diese Gelegenheit nutzte ich, um Sophia mit aller Kraft gegen das Schienbein zu treten und mich während ihres zornigen Schmerzensschreis von Falko wegzudrehen. Dummerweise hatte er den Griff um meine Haare nicht gelockert, sodass mein Kopf nach hinten gerissen wurde und ich den Boden unter den Füßen verlor. Und dann war er über mir, ein schwarzer Schemen vor dem dunklen Nachthimmel, der das Messer hob, und ich wusste, dass ich gleich sterben würde.

„Was ist denn hier los?", hörte ich da die Stimme meines Vaters, und vom Tor kamen die schnellen Schritte eines Wächters. Falko reagierte blitzschnell, erhob sich und zog mich mit sich.

„Steh auf, steh auf!", zischte er mir wütend zu und versuchte, mich wieder auf die Beine zu stellen, ohne mein Haar loszulassen. Sophia, das sah ich aus dem Augenwinkel, hatte erst noch auf dem Boden gesessen und ihr schmerzendes Bein umklammert, doch nun kam auch sie auf die Füße und sah ängstlich den Leuten entgegen, die auf einmal aus verschiedenen Richtungen auf uns zukamen. Der Wächter hatte eine Fackel dabei, mein Vater einen Kerzenleuchter, und als Nachzügler kamen noch ein zweiter Nachtwächter und ein verschlafen wirkender Knecht hinzu. Falko ließ mich plötzlich los und stieß mich zwei Schritte weit von sich.

„Gut, dass Ihr kommt!", rief er meinem Vater entgegen. „Wir haben Eure Tochter gerade noch an der Flucht hindern können!"

Ich wusste kaum, wie mir geschah. Auf einmal stand ich frei, hinter mir Falko und Sophia, vor mir mein Vater und der Knecht, rechts die beiden Wächter – und alle starrten mich entgeistert an. Zu allem Überfluss kam da auch noch Loretta, die sich rasch in einen Mantel gehüllt hatte, um ihr Nachtgewand zu verbergen, und sie hatte Falkos letzte Worte gehört.

„Eine Flucht?", rief sie, und auf ihrem vom Fackellicht erhellten Gesicht zeichnete sich deutlicher Hohn ab. „Das kann ich mir vorstellen, nach der Blamage am Königshof, die sie sich gestern geleistet hat."

„Am Königshof?" Fragend wandte sich ihr mein Vater zu. „Was denn für eine Blamage?"

„Und nicht nur fliehen wollte sie!", schaltete sich Sophia triumphierend ein. „Sondern wir haben auch das bei ihr gefunden!" Sie hielt den Beutel mit den Schmuckstücken ans Licht und brachte ihn zu ihrer Mutter, die ihn ungläubig entgegennahm. Sophia stellte sich zu Loretta und widmete mir einen selbstzufriedenen Blick, während ihre Mutter den Beutel öffnete und ungläubig nach Luft schnappte. Dann sah sie auf, und könnten Blicke töten, sie hätte mich aufs Grausamste erdolcht. So erzürnt war sie, dass sie kein Wort zustande brachte und mich stattdessen kopfschüttelnd und mit offenem Mund anstarrte.

„Ist das wahr?", fragte mich mein Vater wie ein drohendes Unwetter.

Ich schüttelte den Kopf. „Nein, ist es nicht. Ich habe Falko und Sophia heute Nachmittag belauscht. Sie wollten den Schmuck stehlen und dann gemeinsam fliehen. Und Sophia trägt Falkos Kind unter dem Herzen."

Auf einmal schrien alle durcheinander, Vater, Loretta, Sophia und sogar Falko, der von dieser Nachricht unendlich überrascht war. Sophia rief lauter als alle anderen: „Lüge! Lüge!", doch ich lachte sie nur aus.

„Eine Schwangerschaft kann man beweisen, du Dummkopf!", rief ich ihr zu, und in dem Moment verlor Falko die Nerven. Er sprang mich von hinten an, drehte sich mit dem Rücken zum Gemüsegarten und schob mich vor sich, sodass ich ihn mit meinem Körper deckte, und dann hatte ich auf einmal wieder das Messer an der Kehle.

„Tretet zurück, oder ich bringe sie um!", rief Falko über den unverminderten Disput um uns herum, und ich zuckte zusammen, denn er hatte direkt an meinem Ohr geschrien, und seine Hand übte vor Aufregung unkontrollierten Druck auf die Klinge aus. Ich fühlte, wie ein warmes Rinnsal meinen Hals hinunter und in mein Kleid lief. Und auf einmal wurde es im Hof wieder still.

Die Zeit schien stillzustehen. Im Osten hatten sich die Wolken zerstreut, und ein heller Schimmer zeigte sich am Horizont. Müßig stellte ich fest, dass der neue Tag, der Tag meines Todes, mit wunderschönem Wetter aufwarten würde. Sogar die Gesichtszüge meines Vaters konnte ich besser erkennen, und das Entsetzen auf Lorettas Gesicht, das sich mit Abscheu mischte. Nicht wegen Falko, der mich bedrohte, sondern wegen ihrer Tochter. Ihrer schönen, tugendhaften Tochter, die nun ein Kind von einem Knecht erwartete, und die sich obendrein noch als Diebin herausgestellt hatte.

„Ist das Tor offen?", fragte Falko Sophia plötzlich, nach einer gefühlten Ewigkeit, die doch nur einen winzigen Moment gedauert hatte, und sie nickte langsam, wie im Traum. Ein schabendes Geräusch erklang, als einer der Wächter sein Schwert aus der Scheide zog. Sofort zog Falko mich noch enger an sich. „Nehmt die Waffe runter, oder sie stirbt! Ich meine es ernst!"

Daran hegte ich keinen Zweifel, und auch die anderen erkannten in der wachsenden Helligkeit des nahenden Tages, dass da eine dunkle Flüssigkeit an meinem Hals war und mein Kleid mit einem roten Flecken verzierte.

„Tu, was er sagt", befahl mein Vater dem Wächter ruhig, ohne seine Augen von Falko und mir zu nehmen. „Was hast du vor?", fragte er den Knecht. „Glaubst du, wir lassen dich einfach so davonkommen? Erst schwängerst du eine Tochter, dann verletzt du die andere, wo soll das enden?"

„Den Schmuck!", stieß Falko hervor. „Gebt mir den Schmuck! Werft ihn mir zu."

Loretta zögerte, und ich sah ihr an, dass sie lieber mein Leben als ihren Schmuck geopfert hätte.

„Gib ihm den Schmuck", sagte Vater zu Loretta und nickte in Falkos Richtung. Loretta verzog das Gesicht und warf den Beutel, den Falko mit seiner freien Hand geschickt auffing, ihn sich an den Gürtel knotete und mich dann mit sich in Richtung Gemüsegarten zog.

„Untersteht Euch, mir zu folgen!", rief er mit vor Aufregung heiserer Stimme. „Ich werde sie mitnehmen und erst freilassen, wenn wir in sicherer Entfernung sind. Wenn Ihr nicht wollt, dass ihr etwas zustößt, dann lasst mich unbehelligt!"

Weil mein Vater sah, dass er im Moment nichts ausrichten konnte, rief er mir zu, „Sei tapfer, Carlotta! Alles wird gut!"

Ich glaubte ihm kein Wort. Warum sollte Falko mich freilassen? Er hatte keinerlei Grund dazu, viel einfacher wäre es für ihn, mich einfach abzustechen und irgendwo liegen zu lassen. Und diese Erkenntnis traf mich wie eine von Lorettas Ohrfeigen. Ich würde meinen Vater und den Hof nie mehr wiedersehen, und was mir bevorstand, daran mochte ich gar nicht denken.

Falko zog mich zum Gemüsegarten und hinunter zu der Pforte, die zum Wald führte. Als wir diese passiert hatten und auf dem dahinter liegenden Weg keine Verfolger zu sehen waren, drehte Falko mich um und schob mich mit fester Hand vor sich her, während er mir das Messer nun in den Rücken drückte. „Kommt ja nicht auf dumme Ideen", drohte er mir überflüssigerweise.

Natürlich war ich schon auf tausend Ideen gekommen, eine dümmer als die andere. Schlagen, treten, stolpern – all das konnte ich tun, und würde nichts als Schmerzen dafür ernten, denn er war stärker als ich, und der spitze Stahl in meinem Rücken sprach eine deutliche Sprache. So überlegte ich fieberhaft weiter, während wir im Morgenlicht durch das Feld liefen, den Bach überquerten und schließlich in den Wald gelangten.

„Stimmt es, dass sie schwanger ist?", fragte er mich unvermittelt.

Ich hob die Hände, um mein Gesicht vor den Zweigen zu schützen, die uns auf unserem Weg entgegenschlugen. „Es stimmt", sagte ich. „Die Kräuter, die sie benutzt hat, haben ihr nicht geholfen. Sie wollte eigentlich heute zur Kräuterfrau, um das Problem zu beheben, damit du es nicht erfahren musst. Aber das hast du verhindert, indem du sie zu dem Diebstahl angestiftet hast. Tut es dir nicht leid, sie und dein ungeborenes Kind zurückzulassen?"

Er lachte humorlos, während er mich weiter schob. „Ganz und gar nicht. Ich hatte nie vor, sie zu heiraten oder auch nur mit mir zu nehmen. Was kann ich dafür, dass sie so gutgläubig auf all meine Versprechungen hereingefallen ist? Zu meinem Vergnügen konnte sie mir durchaus dienen, aber sie ist eine dumme Gans, die sich nicht mal im Bett besonders geschickt anstellt, geschweige denn bei einem Diebstahl. Sonst hätte sie sich niemals von Euch erwischen lassen!" Plötzlich hielt er an und ich mit ihm, und dann hörte ich seine Stimme so nah an meinem Ohr, dass ich eine Gänsehaut bekam. „In gewisser Weise habt Ihr mir sogar geholfen, liebe Carlotta. Nun muss ich Sophia nicht mit mir nehmen, und ich muss sie auch nicht umbringen. Denn das wäre mir sicher nicht ganz leichtgefallen. Euch hingegen – Euch werde ich mit Freuden töten, später … nachdem ich meinen Spaß mit Euch gehabt habe."

Ich erstarrte, und Angst griff nach mir. Natürlich, darauf hätte ich früher kommen müssen, dass er sich von mir nun nehmen würde, was ihm bislang verwehrt gewesen war. Doch das würde mir außerdem eine Gelegenheit bieten, ihm vielleicht doch noch zu entkommen … Klaglos lief ich weiter, als er mich durch einen Stoß und den verstärkten Druck des Messers in meinem Rücken wieder in Bewegung setzte.

Irgendwann hielt er an, produzierte ein Stück Seil aus seinem Beutel und legte mir Fesseln an. Er band mir die Hände vor dem Körper zusammen, sodass ich weiterhin Zweige abwehren konnte. Trotzdem stolperte ich hin und wieder, weil ich gefesselt leichter mein Gleichgewicht verlor. Und da ich nur mein dünnes Nachthemd trug, brachte mir jeder Fehltritt Kratzer und blaue Flecken ein.

Nach ein oder zwei Stunden – ich konnte es nicht genau sagen, denn der Weg durch den Wald verlief immer gleich: Ästen ausweichen, über umgefallene Baumstämme steigen, das Messer in meinem Rücken fühlen, stolpern, grob hochgezogen werden, Falkos drohende Anweisungen, schneller zu gehen – kamen wir zu einem Weg.

„Gut", sagte Falko zufrieden. „Das ging schneller, als ich dachte." Nachdem er sich vergewissert hatte, dass niemand weit und breit zu sehen war, überquerten wir hastig die Straße und gingen auf der anderen Seite weiter, bis wir fast außer Sichtweite waren. Dann bog er nach Süden ab, parallel zur Straße, der wir nun eine Zeitlang folgten.

Ich war mit meinen Planungen noch keinen Schritt weitergekommen. Ich war müde, und nach dem Kampf mit Sophia und dem stundenlangen Gewaltmarsch fühlte ich, wie meine Kräfte langsam versiegten. Immerhin beschloss ich, nach Hilfe zu rufen, falls ich jemanden auf dem Weg sehen sollte, denn selbst wenn Falko mich dann erstechen sollte, konnte er mich vielleicht nicht töten, oder ich bekam doch noch die Gelegenheit, mich zu wehren. Nach einiger Zeit jedoch wurde auch diese meiner Hoffnungen zunichte.

Wir kamen auf eine kleine Lichtung, nur einige Schritte im Durchmesser. „Wir machen eine Pause", sagte Falko, und fast glaubte ich, ich könne mich etwas ausruhen, doch statt dass ich mich setzen durfte, drehte Falko mich zu ihm um, und an seinem Blick erkannte ich, dass er seine Stunde für gekommen hielt und nun über mich herfallen würde.

Nun hatte ich nichts mehr zu verlieren. Ich riss meine gefesselten Arme hoch ohne Rücksicht auf das Messer, das er noch in der Hand hielt. Ich wollte ihn schlagen, ihn irgendwie ablenken, nur ein paar Sekunden gewinnen, in denen ich wertvolle Meter Fluchtweg zurücklegen konnte. Doch als hätte er es geahnt, fing er meine Arme ab, ergriff meine Handgelenke und bog sie über meinen Kopf nach hinten, während er mich rücklings gegen einen großen Baum drängte. „Ihr dachtet wohl, Ihr könntet mich überraschen, he, edles Fräulein?"

Und ich kämpfte um mein Leben. Ich versuchte, meine Arme aus seinem Griff zu befreien, und als das nichts half, trat ich nach ihm, drehte und wand mich, um ihm zu entkommen, doch er drückte sich an mich, kam mir so nah, dass ich nicht einmal mehr das Knie hochreißen konnte, um ihn an seiner empfindlichsten Stelle zu treffen. Mit einer Hand drückte er meine Handgelenke über meinem Kopf gegen die schroffe Baumrinde und presste sich an mich, und weil mir nichts mehr übrig blieb, keine Bewegung mehr möglich war, spuckte ich ihm ins Gesicht.

„Miststück!" Er warf das Messer, das er noch in seiner anderen Hand gehalten hatte, neben uns auf den Boden und schlug mich dann so heftig ins Gesicht, dass mir schwarz vor Augen wurde. Einen Moment lang drehte sich alles vor mir, und ich nahm nur halb wahr, wie er den Ausschnitt meines Nachthemds ergriff und ihn mit einem kräftigen Ruck auseinanderriss. Bis zum Saum riss er mein Kleid auseinander, ließ den geschundenen Stoff dann zur Seite fallen, und ich stand vor ihm vollkommen entblößt und fast vergehend vor Scham, während er einen Augenblick lang innehielt, um mich zu betrachten.

Mein Kopf klarte auf, und weil er nun eine halbe Armeslänge von mir entfernt stand und mich nur noch an den Handgelenken festhielt, versuchte ich noch einmal, ihn mit meinem Knie zu treffen. Doch er wich aus und schlug mich wieder, und während mir Tränen des Schmerzes und der Schmach in die Augen sprangen, griff er in mein Haar und drückte sich wieder an mich. „Ihr seht zwar nicht so gut aus wie Eure Schwester, edles Fräulein, aber Ihr habt deutlich mehr Feuer."

Ich versuchte, den Kopf abzuwenden und stöhnte vor Abscheu. Ich hasste ihn. Durch seine Hose konnte ich sein hartes Glied fühlen, und ich wollte sterben. „Lasst Eure Finger von mir", brachte ich hervor, aber selbst für mich klang meine Stimme schwach und erbärmlich.

Falko lachte. „Keineswegs werde ich meine Finger von Euch lassen! Ich will Euch doch auskosten, bevor ich Euch töte." Er griff an meine Brust und begann, sie zu kneten, während er sein Gesicht so nah an meines brachte, dass ich ihn hätte küssen können. Wie lange noch, fragte ich mich, während mein Blick zum Blätterdach über uns wanderte, um nicht in der Gegenwart verweilen zu müssen. Wie lange würde er mich noch quälen? Wie lange, bevor er mich endgültig schänden und danach umbringen würde? Wie würde er mich umbringen? Erwürgen? Erstechen? Mit einem Stein erschlagen?

Seine Hand wanderte über meinen Körper nach unten, und dann schien ihm eine nicht genug zu sein, denn er ließ meine Arme los und packte mit der zweiten Hand meine Hüfte und zog mich an sich. Ich wusste im ersten Moment gar nicht, was ich mit der neu gewonnenen Bewegungsfreiheit meiner immer noch gefesselten Hände anfangen sollte, doch dann sammelte ich alle mir verbliebene Kraft, ballte meine Hände zu Fäusten und schlug sie ihm von oben ins Gesicht.

Ich traf seine Nase, hörte, wie der Knochen mit einem ungesunden Knirschen brach, und warf mich zur Seite. Falko schrie, zornig und schmerzerfüllt, und seine Faust hieb nach mir, traf jedoch nur den Baumstamm, denn ich war bereits am Boden. Das Messer, hier war doch irgendwo noch das Messer –

Er warf sich auf mich, raubte mir durch den Aufprall den Atem und drückte mein Gesicht in den Waldboden. Kleine Steine drückten sich durch meine Haut, schabten an ihr entlang, als ich versuchte, ihm zu entkommen. Auf den Rücken drehen wollte er mich und ich wusste, das wäre das Ende, wo war denn nur das verflixte Messer …? Er schlug mich, traf hart meine Schulter, und ich stöhnte auf vor Schmerz, fühlte, wie er sich aufrichtete, fest meine Taille ergriff und mich umdrehen wollte, und da sah ich etwas blitzen. Im letzten Moment schlossen sich meine Finger um den hölzernen Griff …

Er hatte mich auf dem Rücken und war über mir, meine Arme waren gefangen zwischen uns und er richtete sich leicht auf, griff an seine Hose, um sie zu öffnen, während er seine Knie zwischen meine Beine drängte. „So, edles Fräulein“, flüsterte er erregt, „jetzt werde ich Euch endlich Manieren beibringen.“

Und er gefror. Ein Zucken durchlief seinen Körper, ein Ächzen entrang sich seinen weit geöffneten Lippen. An meinem Bauch wurde es warm, wo sein

Blut aus der Stichwunde, die ich ihm beigebracht hatte, in Strömen seinen Körper verließ. Seine Augen starrten auf mich herab, und ich sah, wie sie langsam glasig wurden. Ich wagte nicht, zu atmen. Selbst die Zeit schien stillzustehen und darauf zu warten, ob er sich noch einmal rühren würde … Und er brach über mir zusammen.

Plötzlich erfasste mich Panik. Mühsam kämpfte ich mich unter ihm hervor, schob und strampelte mich frei, gar nicht schnell genug konnte es gehen. Ich wälzte ihn von mir herunter, richtete mich auf, sah ihn an. Sah das Messer, das ich ihm unter den Rippenbogen bis ins Herz gerammt hatte, wo es noch steckte, blutig und grausam, sah das Blut an meinen Händen, auf meinem Bauch, meinen Beinen – und übergab mich.

Ich habe ihn getötet. Ich habe ihn getötet. Immer wieder sagte mein Herz mir diese Worte vor. Ich habe ihn getötet, er ist tot. Es ist vorbei.

Als die Übelkeit schwand, ließ ich mich völlig erschöpft der Länge nach zu Boden sinken. Alles tat mir weh, mein Gesicht und mein Körper waren übersät mit Abschürfungen und Blut, das meiste davon war nicht mein eigenes. Alles roch nach Blut, er wollte mir gar nicht mehr aus der Nase gehen, der Geruch. Wie furchtbar das alles doch war, und wie elend ich mich fühlte.

Und das alles wurde nicht besser als mir klar wurde, dass ich das Messer aus Falkos Brust ziehen musste, wenn ich meine immer noch gefesselten Hände befreien wollte. Also holte ich tief Luft, sprach mir selber

Mut zu – erfolglos – und machte mich an das schmutzige Handwerk. Fest legte ich meine Finger um den Griff, zog, zog – und fiel nach hinten über, als das Messer plötzlich mit einem scheußlichen schmatzenden Geräusch aus dem toten Körper glitt.

Nachdem ich in langwieriger Kleinarbeit meine Hände von den Fesseln befreit hatte, rieb ich sie, so gut es ging, an Moos und feuchtem Laub sauber, doch mit mäßigem Erfolg. Ich musste fort, musste diesen Ort verlassen und irgendwie den Weg zurück nach Hause finden, doch ich blieb einfach sitzen, wo ich war, und starrte orientierungslos auf die Bäume, die mich umgaben. War das wirklich ich, die hier saß, neben einem Toten und einer Pfütze von Blut, die wegen ihrer Größe ganz langsam nur im Waldboden versickerte und schon Fliegen anzog … War das wirklich ich, die diesen Mann getötet hatte? Wie ein Wunder erschien es mir, dass er mich am Ende nicht hatte überwältigen können, dass ich noch lebte, obwohl ich Momente vorher noch hatte sterben wollen.

Auf wackligen Beinen erhob ich mich. Mein Blick fiel auf meinen nackten, blutigen Körper, und ich raffte die zerrissenen Teile meines Kleides vor meiner Brust und meinem Unterleib zusammen. Besser ging es nicht, es musste reichen. Ich wollte mich gerade abwenden, als ich mich an den Beutel mit dem Schmuck erinnerte. Und voller Abscheu beschloss ich, dass ich dem toten Falko, dem Ungeheuer, nun doch noch einmal nahe kommen musste, wenn ich die Juwelen meiner Mutter nicht hier im Wald vermodern lassen wollte. Also entknotete ich die Schnur des Beutels an

Falkos Gürtel, vermied dabei sorgfältig, die Wunde in seiner Brust oder gar sein Gesicht anzusehen, und band mir den Beutel um die Taille, damit ich weiter beide Hände frei hatte, um meine Blöße zu bedecken. Denn selbst wenn in diesem Wald niemand außer mir unterwegs war, schämte ich mich meiner.

Ich machte mich auf den mühsamen Weg zurück durch den Wald. Nachdem ich einige Momente damit verbracht hatte, meine Orientierung wieder zu finden, ging ich auf die Straße zu, die wir überquert hatten, und schlug mich dahinter wieder in die Bäume. Ich wusste nicht mehr, wie weit wir entlang der Straße gelaufen waren, ich wusste nur ungefähr, in welche Richtung ich gehen musste, um irgendwann hoffentlich auf der Seite des Waldes herauszukommen, an der der Hof meines Vaters lag.

Auf einmal hörte ich Hunde. Sie kamen vom Norden her, war dort eine Jagd im Gange? Oder waren es womöglich Leute, die mein Vater nach Falko und mir ausgesandt hatte? Ich lief schneller, fiel hin, rappelte mich wieder auf, lief … Jetzt hörte ich auch Stimmen, mehrere Stimmen, und Pferde. Ich rief: „Hallo, zu Hilfe, ist da jemand …?"

Aufgeregtes Stimmengewirr antwortete, sie hatten mich wohl gehört, aber ich verstand sie nicht, doch die Geräusche kamen eindeutig auf mich zu. Bald schon sah ich Pferdeleiber zwischen den Bäumen aufleuchten, dann hatten die Hunde mich erreicht, es waren meines Vaters Hunde, und sie sprangen freudig an mir hoch, wedelten mit den Schwänzen, leckten meine Hände und warfen mich fast um.

Ich atmete auf, wäre vor Erschöpfung und Erleichterung fast in die Knie gegangen, doch ich hielt mich auf den Beinen. Tränen rannen mir über das Gesicht, ob vor Freude oder Trauer weiß ich nicht, und da kamen sie schon, allen voran mein Vater. Er sprang von seinem Pferd wie ein junger Mann, kam auf mich zu und schloss mich mit einem bewegten „Carlotta!" in die Arme, wo ich für den Rest meines Lebens hätte bleiben können, wenn es nach mir gegangen wäre. Doch da legte sich eine Hand auf meine Schulter, eine weiche, warme Stimme sagte Worte der Ermutigung und des Trostes. Ich kannte diese Stimme, und ich blickte auf und sah zwei grüne Augen, die vor Angst um mich ganz verkniffen gewesen waren und mich nun lächelnd liebkosten, als wäre der gestrige Abend, der eine Ewigkeit her war, nie passiert.

Vater ließ mich los, widerwillig nur, und glücklich seufzend ließ ich mich in die Arme sinken, die zu diesen grünen Augen gehörten. Ich schmiegte mich an den Körper, den ich liebte, und schloss erschöpft die Augen.

Johann war gekommen, um mich zu suchen, und er hatte mich gefunden. Alles war gut.

Natürlich bestürmten sie mich mit Fragen. Ein Blick auf mein zerrissenes Kleid, meine Verletzungen und das Blut gab ihnen eine grobe Vorstellung von dem, was passiert war, doch erst nachdem ich ihnen versichert hatte, dass ich körperlich unversehrt war, beruhigten sie sich und ließen mich erzählen, was vorgefallen war.

Nicht, dass ich mich darum gerissen hätte. Immer noch musste ich mich schütteln beim Gedanken daran, was ich erlebt und getan hatte, wie nah Falko daran gewesen war, mir etwas anzutun, und wie schrecklich es sich angefühlt hatte, das Messer in seinen Leib zu stoßen und ihn über mir sterben zu sehen.

Ich erzählte, so knapp und distanziert wie ich es vermochte, und konnte trotzdem nichts dagegen tun, dass ich schließlich in Tränen ausbrach.

„Lasst ihr etwas Zeit", bat Johann meinen Vater, „sie kann uns die Einzelheiten auch später mitteilen. Wichtig ist nun, dass wir sie nach Hause schaffen, wo sie baden und sich etwas anziehen kann." Dann schickte er drei seiner Männer weiter, um nach Falko zu suchen und ihn zurückzubringen, und mir gab er seinen Mantel, damit ich mich darin einwickeln konnte. Ich war mir dieser großen Ehre in meinem wirren, erschütterten Zustand kaum bewusst und fand stattdessen Trost darin, dass der schwere Wollstoff seinen Duft trug und so warm und weich war, dass ich sofort im Stehen darin hätte einschlafen können.

Doch natürlich war mir das nicht vergönnt, noch nicht, wir mussten zurück, und ich wollte auch wissen, was passiert war und wie es kam, dass Johann überhaupt an der Suche nach mir beteiligt gewesen war.

„Später", wehrte er ab und half mir, mich hinter Vater auf dessen Pferd zu setzen. Dann drückte er meine Hand und sagte leise, „Hab noch ein wenig Geduld, und alles wird aufgeklärt werden."

Wir ritten zurück zum Hof. Ich kann nicht sagen, wie lange der Ritt dauerte, und es war auch nicht wichtig. Ich lehnte mich gegen den Rücken meines Vaters, meine Hände fest um seinen Oberkörper geschlungen, und ließ mich vom steten Schaukeln des Pferdes einlullen. Die Erinnerungen an die morgendlichen Geschehnisse auf dem Gut und an den Kampf mit Falko ließen immerhin so lange von mir ab. Ich wusste, später würden sie zurückkommen und mich heimsuchen, doch jetzt war ich in Sicherheit. Und Johann war hier, er hatte sich um mich gesorgt; irgendetwas, und sei es noch so wenig, bedeutete ich ihm also doch.

Ich musste schließlich doch eingeschlafen sein, denn ich hatte keine Erinnerung mehr daran, wie wir den Wald verließen oder wie wir in unseren Hof einritten. Erst als Begrüßungsrufe und aufgeregtes Geplapper laut wurden, erwachte ich. Johann war schon von seinem Pferd gesprungen und reichte mir zuvorkommend die Hand, um mir beim Abstieg von Vaters Stute zu helfen. Als ich vor ihm stand, führte er erst meine Hand an seine Lippen, ließ mich dann los und verbeugte sich formvollendet vor mir. „Willkommen zurück, Fräulein von Hohenhain", sagte er zu mir und ich verstand, dass wir uns nun, in Anwesenheit so vieler Menschen, keine Vertrautheiten mehr erlauben konnten.

Loretta und ihre zwei Töchter kamen, von den Rufen des Gesindes herbeigelockt, in den Hof, doch ich sah sie nicht an, ich wollte nicht feststellen müssen, dass Loretta über meine Rettung eher missmutig als erfreut war. Mein Vater jedoch ging zu ihr und sie wechselten Worte, während Elisabeth auf mich zustürmte, mich gefühlvoll in die Arme schloss, sich eine Träne aus dem Augenwinkel wischte – ihre Augen waren geschwollen, sie musste um mich geweint haben, die Gute – und mich dann mit sich zog, um mich, wie sie sagte, wieder lebendig zu machen. Johann warf ich noch einen letzten Blick zu – ich wollte mir sein Bild einprägen, denn ich wusste ja nicht, ob er noch hier sein würde, wenn ich wiederkam, oder ob ich ihn jemals wiedersehen würde.

Elisabeth führte mich in die Badestube, wo sie mir Johanns Mantel behutsam abnahm, mir dann den Beutel von der Taille schnitt – ich hatte in meinem Schrecken einen so festen Knoten in die Schnur gemacht, dass er sich nun nicht mehr lösen ließ – und mir das zerrissene Kleid ausziehen wollte. Zuerst wollte ich meine Hände gar nicht von dem Stoff lösen, den ich krampfhaft vor mir zusammenhielt, um nicht vor aller Welt nackt dazustehen – doch nach Elisabeths gutem Zureden ließ ich es geschehen, dass sie mir das Kleid von den Schultern streifte, und als ich so vor ihr stand, wie zuletzt Falko mich gesehen hatte, fing ich an, zu zittern, denn ich wollte nicht mehr daran denken, es war so furchtbar gewesen und ich wusste nicht, ob ich je wieder ohne Angst nackt sein könnte … Elisabeth schrieb mein Zittern der Kälte zu und schob mich zu dem großen Zuber, in dem bereits heißes Wasser dampfte und in den ich mich langsam gleiten ließ.

Ungefragt begann Elisabeth, zu erzählen, während sie mir vorsichtig Schmutz und Blut vom Körper und aus dem Gesicht wusch, und ich war es zufrieden, denn solange sie redete, musste ich es nicht tun.

„Die Herrin ist ganz schön laut geworden mit ihrer Tochter, der jüngeren. Hat ihr sehr schlimme Dinge gesagt und angedroht, weil sie ja schwanger geworden ist – wer hätte das gedacht! Von diesem ungehobelten Kerl –, hat sie wohl auch geschlagen und war am Boden zerstört, dass sie sie nun nicht mehr an den reichen Baron verheiraten kann, den sie im Auge gehabt hatte. So laut ist sie geworden, dass wir es sogar im Küchenhaus gehört haben. Euer Vater hat sich während der Zeit angezogen und ließ sein Pferd satteln, er hat auch ein paar Knechte geweckt – außer denen, die sowieso schon wach waren – damit sie ihn begleiten, wenn er Euch sucht. Und während da alles in Aufruhr war, kam auf einmal der Prinz mit seiner Leibwache zum Tor hereingeritten und wusste von nichts, er war ganz verwundert, dass alle so auf den Beinen und aufgeregt waren. Er war nämlich gekommen, um mit dem Herrn zu reden, und wohl auch mit Euch, aber als der Herr ihm erzählt hat, was passiert ist, da wurde er auf einmal

211

ganz besorgt und unruhig und wollte sich unbedingt an der Suche beteiligen."

Johann hatte mit Vater reden wollen? Aber worüber? Hatte er sich etwa über meine Anwesenheit und mein Betragen beim gestrigen Ball beschweren wollen? Doch ich wollte nicht darüber nachdenken und gab mich stattdessen ganz Elisabeths eifrigen Händen hin, während sie mein Haar geduldig entwirrte, Strähne für Strähne, Blätter und Schmutz entfernte, und es dann wusch. Wieder überfiel mich die Müdigkeit, und als Elisabeth mich dann fragte, wie es mir denn ergangen und was passiert sei, hatte ich eine gute Entschuldigung, nicht zu antworten.

„Später", murmelte ich, lehnte mich im Zuber zurück und schlief ein.

Aus irgendeinem Grund hatte sie mir mein schönstes Kleid herausgesucht – nicht das rostrote, das eigentlich Maria gehört hatte, sondern mein eigenes, ein Kleid in Hellgrün, frühlingsfarben, aus feinstem weichen Leinen und verziert mit bunten Borten. Dieses hieß sie mich, anzulegen, und führte mich dann in das Kaminzimmer. Dort waren mein Vater, Loretta, Maria und Prinz Johann versammelt. Loretta und Maria saßen unter dem Fenster, mein Vater in einem der Sessel, und Johann ging im Zimmer auf und ab, während er sprach.

„– verantwortlich für die Schädigung ihres Rufes. Ich –" Er brach ab, als er mich sah, und obwohl er lächelte, war mir so, als sei keine echte Freude in seinem Gesicht. Vielmehr schien er nervös zu sein, ängstlich, aber auch irgendwie erleichtert, dass ich gekommen war.

Mein Vater sah mich fragend an, und Elisabeth antwortete an meiner Stelle: „Es geht ihr gut. Sie kann Euch nun alle Fragen beantworten, solltet Ihr noch welche haben."

„Gut." Vater nickte. „Carlotta, setz dich bitte." Er wies auf den zweiten Sessel, der wie sein eigener nicht mehr zum Feuer, sondern zum Raum gewandt war. Ich tat, wie mir geheißen, und setzte mich, da reichte mir Elisabeth schon einen Becher warmen Würzweins, den ich dankbar entgegennahm.

„Königliche Hoheit", sagte mein Vater höflich, „nun, da meine Tochter hier ist …"

Mehr musste er nicht sagen, denn Johann nickte bereits. Sein Blick schien mir unsicher und … schuldbewusst. Mit großen Augen sah ich ihn an. Was sollte das, was hatte er vor?

„Herr von Hohenhain", sagte Johann förmlich und blieb still in der Mitte des Zimmers stehen, „und Fräulein Carlotta. Ich bin Euch eine Erklärung schuldig." Damit nickte er mir zu, und wie um sich selbst zu beruhigen, verhakte er seine Daumen hinter seinem Gürtel und atmete tief durch.

„Als ich zu Beginn des Jahres nach langer Zeit aus der Fremde wieder an den Hof meiner Familie zurückkehrte, sagte man mir, ich sei hier, um zu heiraten und darauf vorbereitet zu werden, die Regierungsgeschäfte meines Vaters zu übernehmen. Das wunderte mich

nicht, denn schließlich –" Er zuckte mit den Schultern.
„Nun, mein Vater ist nicht mehr jung, und ich bin alt
genug, um eine neue Generation unseres Königshau-
ses zu gründen. Was mich allerdings wunderte, war die
Tatsache, dass es mir anscheinend nicht vergönnt sein
sollte, mein Land und mein Volk kennenzulernen. Als
ich fortging, war ich vierzehn Jahre alt und hatte ganz
andere Dinge im Kopf, als mich für das Land oder die
Leute zu interessieren. Das hat sich nun geändert. Ich
musste jedoch schnell feststellen, dass ich, wenn ich
für alle erkennbar und mit meinem Gefolge ausreiten
sollte, niemals die Gelegenheit finden würde, zu hören,
was die Leute sagen, zu sehen, wie es ihnen geht, welche Sorgen sie haben, was sie von ihrem König denken
oder was sie sich wünschen.

Also verkleidete ich mich, und ich ging hinaus. Erst
in die Stadt, und irgendwann ging ich auch weiter weg.
Ich wollte wissen, wie es den Bauern ging, auf dem
Land, den ganz einfachen Leuten. Zum Glück erkannte mich fast niemand – der ein oder andere hatte
mein Gesicht am Hof schon gesehen, doch für die
meisten Leute war und bin ich ein Fremder, weil ich
so lange fort war. Mein Vater war dagegen, dass ich
solche Ausflüge unternahm, er hatte Angst, mir könne
etwas zustoßen, wenn ich ohne meine Leibwächter unterwegs war. Nachdem er es mir einmal verbot, fragte
ich ihn nicht wieder, sondern verstieß gegen seine Anordnung –" Hier sah er mich an, und ich erkannte
Reue in seinem Blick. „Und das, liebe Carlotta, hat
Euch so viel Ärger bereitet, dass ich nicht weiß, ob ich
das jemals wieder gutmachen kann."

Bevor ich jedoch etwas sagen konnte, fuhr er fort. „Ich beobachtete und belauschte die Leute nicht nur, sondern ich begann auch, ihr Leben auszuprobieren. Natürlich nur in oberflächlichster Weise, denn ich konnte ja jeden Tag zurück in das Schloss meines Vaters. Aber ich wollte das tun, was auch die Bauern tun. Ich gab mich mal als fremder Bauernsohn aus, mal als Knecht, der Arbeit suchte. Ich nahm kleine Aufgaben an, mal für Bauern, mal für den Schmied, mal für den Holzfäller – das war keine leichte Arbeit, das kann ich wohl sagen! –, mal für den Maurer, und so weiter. Hin und wieder ging ich auch jagen. Ich tat dann so, als müsse ich nicht nur für mich, sondern auch für meine Familie jagen, ich ging ganz allein in den Wald und lernte ziemlich schnell, dass es mit meinen Schießkünsten nicht so weit her ist, wie ich das gerne hätte, und dass ich keine Ahnung davon habe, wie man sich anschleicht und das Wild überrascht. Bis ich dann eines Tages selbst überrascht wurde, und die Narbe an meinem Unterarm ist Zeugnis dafür."

Er entblößte seinen Arm und zeigte meinem Vater die feine Narbe, die von meinem Pfeilschuss zurückgeblieben war. Ich errötete und wollte in meinem Sessel versinken, doch mein Vater starrte nur verständnislos darauf. „Wer hat Euch überrascht?", fragte er, und Johann erlaubte sich ein kurzes Grinsen.

„Eure Tochter, Herr von Hohenhain. Wenn ich mich recht entsinne, war das der Tag vor Eurer Hochzeit. Carl- das Fräulein Carlotta rutschte wohl aus, und der Pfeil, der für ein Reh gedacht war, traf stattdessen mich. Und dann traf mich außerdem ihr Zorn, denn in diesem Wald habt allein Ihr das Jagdrecht. Was mir natürlich bewusst war, doch … nun ja." Entschuldigend, aber mit einem schelmischen Funkeln in den Augen, zuckte er mit den Schultern. „Und weil ich so erstaunt darüber war, einer jungen Ritterstochter mit einem Bogen und gekleidet in Leder, noch dazu schmutzig und trotzdem sehr ansehnlich, zum Opfer gefallen zu sein, wollte ich sie wiedersehen. Ich wollte sie besser kennenlernen."

Ich saß nun ganz still in meinem Sessel, den Becher Wein fest umklammert. Würde er nun wirklich alles erzählen? Und würde mein Vater es verstehen?

„Also gab ich mich als Knecht aus", erklärte Johann. „Ich bezahlte den Sohn des Schmieds dafür, dass er seinen Karren mit Erzbrocken einen ganzen Nachmittag lang auf dem Weg vor der Pforte zu Eurem Gemüsegarten hin und her fahren konnte, weil ich erst dann aufgeben wollte, nachdem ich zumindest einen Blick auf Eure Tochter erhascht hatte. Und irgendwann kam sie, wollte wohl frische Luft schnappen während der Hochzeitsfeierlichkeiten. Ich will nicht darauf eingehen, worüber wir sprachen – ich stellte mich nicht sehr geschickt an und erweckte schnell ihren Verdacht, nicht der zu sein, der ich vorgab. Sie ist klug, Eure Tochter. Trotzdem fand ich in den nächsten Wochen hin und wieder Gründe und Gelegenheiten, Euren Hof zu besuchen und mit dem Fräulein Carlotta ein paar Worte zu wechseln. Bis dann der Tag kam, an dem ich feststellte, dass ich weniger wissenschaftliches Interesse an Eurer Tochter hegte, als – als vielmehr Respekt, Bewunderung und … Zuneigung."

Johann hielt inne. Es war sehr still im Kaminzimmer, und ich wagte kaum, zu atmen. Er hatte es gesagt, er hatte es vor allen zugegeben! Ich war auf einmal so glücklich, dass ich die Welt hätte umarmen können, und gleichzeitig zog sich mein Magen vor Angst zusammen, dass diese Eröffnung an meiner Situation nichts ändern würde: Mein Ruf war nach wie vor ruiniert, und heute war der Tag, an dem ich eigentlich ins Kloster geschickt worden wäre. Ich schaute rasch hinüber zu Loretta und Maria und war nicht verwundert, dass beide ihre Blicke zwischen Johann und mir hin und her wandern ließen. Sie waren entsetzt und grün vor Neid.

„Leider habe ich in dem Moment die falsche Entscheidung getroffen, und es war die erste von vielen falschen Entscheidungen", sagte Johann bekümmert. „Ich habe nicht aufgehört, Carlotta zu besuchen, und ich habe auch nicht die Distanz gewahrt, die in einer solchen Situation angebracht und sittsam gewesen wäre. Nicht einmal als ich erfuhr, dass sie verlobt werden und damit noch viel mehr außer meiner Reichweite sein sollte, hielt ich mich zurück. Stattdessen habe ich die Grenzen des Anstands überschritten und mich ihr genähert. Ein Kuss und eine Umarmung, mehr ist zwischen uns nicht vorgefallen, und trotzdem hat dieser Zwischenfall dafür gesorgt, dass das Fräulein Carlotta in Verruf geraten ist. Das tut mir unendlich leid, und ich hoffe, dass ich diesen Missstand aus der Welt räumen kann."

Loretta sog scharf die Luft ein, und mein Vater beugte sich ungläubig in seinem Sessel nach vorn. „Ihr wart das? Ihr wart der Knecht, mit dem Carlotta –" Er blickte erst mich an, dann wieder Johann, und dann wieder mich. „Carlotta, wusstest du, wer er ist?"

Ich schüttelte den Kopf. „Nein", sagte ich klein-laut, denn ich ahnte, dass mein Vater mir eine Affäre mit dem Prinzen wohl weniger übelnehmen würde als eine mit einem unbekannten Bauernsohn. „Damals wusste ich es noch nicht."

Vater schüttelte missbilligend den Kopf, lehnte sich in seinem Sessel zurück und bedeutete Johann, mit seiner Erklärung fortzufahren.

Der streckte hilflos die Hände von sich. „Sie trifft keine Schuld. Ich habe sie in einem Moment der Schwäche überrascht, als sie – nun, als sie niederge-schlagen war, weil sie mit einem Mann verlobt worden war, der ihr zuwider war, und weil ihre Stiefmutter sie noch schlechter behandelte als eine Magd. Diesen Mo-ment der Schwäche habe ich ausgenutzt, dafür trifft mich die Schuld. Dafür, dass Carlotta – verzeiht: Fräu-lein Carlotta – überhaupt so niedergeschlagen war, trifft die Schuld allerdings in meinen Augen ihre Stief-mutter."

Loretta wollte unterbrechen, besann sich aber eines Besseren, denn Johann hob warnend die Hand. „Ihr habt ihr nicht den Respekt entgegengebracht, der ihr gebührt", sagte er streng zu ihr, und ich beobachtete, wie ihr Gesicht ganz rot wurde vor Zorn und Beschä-mung. „Ich gebe Euch nicht die Schuld für meinen Fehltritt, nein. Doch ich werfe es Euch vor, dass Ihr Eurer Stieftochter durch Eure Willkür und Selbstge-rechtigkeit unnötiges Leid verursacht habt." Er seufzte. „Dies steht jedoch jetzt nicht zur Debatte. Herr von Hohenhain, bitte nehmt meine aufrichtige Entschuldigung dafür an, dass ich den Ruf Eurer Tochter geschädigt habe, und dafür, dass ich sie, Euch und alle anderen an diesem Hof, denen ich in meiner Verkleidung begegnet bin, getäuscht habe." Er sah meinen Vater abwartend und voller Hoffnung an.

Mein Vater dachte eine Zeitlang nach und trommelte mit seinen Fingern auf der Lehne des Sessels herum, was Johann sichtliches Unbehagen bereitete. Schließlich räusperte er sich und stand auf. „Eure Hoheit, ich muss Euch nicht sagen, dass Ihr tun und lassen könnt, was immer Ihr wollt. Ihr könnt Euch verkleiden und Euch auf meinen Hof schleichen, wenn es Euch beliebt, und natürlich dürft Ihr in unserem Wald jagen. Umso höher rechne ich es Euch an, dass Ihr Eure so genannten ‚Fehltritte' bereut, und ich nehme Eure Entschuldigung dankend an. Meine Tochter hätte sich wohl anders verhalten sollen, als sie es tat, doch sie hat ihre Strafe bereits bekommen, und mehr, als sie verdiente. Der Verlust, sowohl finanziell als auch an Ansehen, den wir durch die Aufhebung der Verlobung durch Meister Bonifaz gemacht haben, ist groß, doch verschmerzbar. Bitte betrachtete die Angelegenheit als erledigt. Ihr schuldet uns nichts mehr, und ich bin Euch außerdem dafür dankbar, dass Ihr mich und meine Männer bei der Suche nach Carlotta unterstützt habt." Er stutzte plötzlich. „Und verzeiht: Ich habe Euch noch gar nicht gefragt, was Euch heute Morgen überhaupt an meinen Hof geführt hat."

Johann antwortete nicht gleich, sondern sah erst von meinem Vater zu mir und wieder zurück zu Vater. „Darüber würde ich mit Euch gerne unter vier Augen sprechen", sagte er schließlich.

Inzwischen war es Nachmittag, und ich stand in der warmen Junisonne auf dem Hof und ließ mir das Gesicht wärmen. Es fühlte sich so an, als sei der Tag unendlich lang gewesen, so viel war passiert. Ich konnte kaum einen klaren Gedanken fassen, um das zu überdenken, was vor wenigen Minuten gesagt worden war, bevor wir aus dem Zimmer geschickt worden waren, wo Johann in diesem Moment mit meinem Vater sprach.

Lehensangelegenheiten, dachte ich mir. Was hätte ein Prinz sonst mit einem Ritter zu besprechen?

Ich hatte nichts zu tun. Loretta hatte sich gehütet, mich auch nur anzusehen, geschweige denn, mir irgendeine Anweisung zu geben. Wo Sophia war, wusste ich nicht – ich vermutete jedoch boshafterweise, dass sie auf ihrem Zimmer war und wegen Falko und der Schläge, die sie von ihrer Mutter bekommen hatte, in Selbstmitleid badete. Maria war mit ihrer Mutter gegangen, und Elisabeth war an ihre tägliche Arbeit geeilt, die sie aufgrund der morgendlichen Ereignisse vernachlässigt hatte.

Ziellos wanderte ich über den Hof, machte Halt am Brunnen und betrachtete kurz mein Spiegelbild im ruhigen Wasser, bevor ich mich abwandte. Mir war, als starre mich Falko durch meine eigenen Augen an; er, den ich getötet hatte, verfolgte mich immer noch, und ich konnte immer noch seine gierigen Hände auf meiner nackten Haut spüren. Ich schüttelte mich und ging weiter.

Schließlich kam ich zu der Bank hinter dem Stall, wo ich einst mit Johann in der Sonne gesessen und ihm mein Leid geklagt hatte. Mit meinem feinen Kleid hatte ich hier nichts zu suchen, doch das war mir egal. Hier war der Ort der schönsten Erinnerung für mich, und ich setzte mich auf die Bank, die die Sonne schon für mich vorgewärmt hatte.

Als er dann kam, um mich zu suchen, und mich dort fand, wo er mich zu finden geglaubt hatte, wusste ich, dass es keine Lehensangelegenheiten gewesen waren, die er mit meinem Vater besprochen hatte. Sein Gesicht wirkte aufgeräumt und seine Augen funkelten, als hätte er einen schelmischen Plan.

Ohne zu fragen, ob ich es ihm gestattete, setzte er sich neben mich. „Verzeihst du mir?", fragte er.

So leicht wollte ich es ihm jedoch nicht machen. „Was genau soll ich dir verzeihen?"

„Was würdest du mir denn gerne verzeihen?" Er lächelte schüchtern, und seine grünen Augen blitzten in der Sonne. Ich sah weg.

„Das mit dem Kuss – das werde ich dir nie verzeihen." Ich sah ihn an, genoss seinen entsetzten Gesichtsausdruck, und ließ mich erweichen. „Hättest du mich nicht geküsst, wäre ich jetzt mit diesem Meister Bonifaz verlobt. Das wäre furchtbar. Dass du mich geküsst hast, war kein Fehler. Es war das Beste, was du tun konntest."

Erleichtert seufzte er, und ich überlegte, wie ich das Spiel am besten fortsetzen konnte. Ich fuhr fort, „Dass du mich so an der Nase herumgeführt hast, ist schon schwieriger. Aber hättest du's nicht getan, hätte ich vermutlich nie wirkliches Interesse an dir entwickelt." Er schmunzelte, und ich hob mit vorgeschützter Strenge einen Finger. „Du solltest nicht einfach so mit mir spielen. Das mag ich nicht. Aber ich verzeihe dir."

„Danke", murmelte er betreten.

„Aber das Schlimmste", sagte ich und sah ihn an, und auf einmal war mir nicht mehr nach Scherzen zumute, „war der Ball gestern Abend, als ich vor aller Welt bloßgestellt wurde. Warum hast du's nicht gesagt, dass du für meinen schlechten Ruf verantwortlich bist? Warum hast du's nicht gesagt, als alle Anwesenden, König und Königin eingeschlossen, auf mich herabgesehen und mich verachtet haben? Warum hast du mich da einfach so stehen lassen, als sei ich die verabscheuungswürdigste Person der Welt?"

Johann zögerte, sah auf seine Füße, auf seine Hände, nur nicht in meine Richtung. „Ich habe nicht daran gedacht. Kannst du dir das vorstellen? Ich war so überrascht von mir selber und von dem, was ich meinen Eltern verkündet hatte, dass es mir fast natürlich schien, dass mein Vater es verbieten würde. Carlotta, ich hatte nicht damit gerechnet, dich dort zu sehen, und hatte es doch so sehr gehofft – bitte glaub mir. Ich habe nur daran gedacht, ob es einen Weg gibt, die Argumente gegen dich zu ignorieren, anstatt sie einfach zu entkräften. Anstatt meinen Vater zu überzeugen, wollte ich mich ihm widersetzen, und das konnte ich nicht. Nicht vor all diesen Leuten. Du hast mich verwirrt." Er lächelte mich scheu an. „Sieh's mir nach, ich war in deiner Gegenwart nicht ich selber. Bitte verzeih mir."

„Hm." Ich kaute auf meiner Unterlippe herum. Ich verstand es immer noch nicht, und ich war sicher, dass ich es nie verstehen würde. Aber das war nicht wichtig, denn er war sich seines Fehlverhaltens bewusst … Verflixt, was sollte ich nur mit diesem Mann tun, der da neben mir saß und mich ganz nervös machte, und der mir gleichzeitig eine Ruhe versprach, wie ich sie noch bei niemandem sonst gefunden hatte?

„Ich verzeihe dir", sagte ich endlich. Was blieb mir auch anderes übrig?

„Danke!" Er strahlte, sprang auf, nahm meine Hand und küsste sie. Dann sagte er: „Ich muss dich noch etwas fragen. Der Himmel weiß, ich hätte es gestern schon tun sollen, oder am besten damals, als wir uns das erste Mal trafen. Um deinen Ruf wieder herzustellen und deine Kränkung wieder gutzumachen müsste ich es in aller Öffentlichkeit tun, aber die Öffentlichkeit ist nun mal nicht hier und ich will nicht noch länger warten, also …" Und er fiel vor mir auf ein Knie nieder.

Ich schnappte nach Luft und schlug mir die Hände vor den Mund. Sollte das etwa wieder ein Scherz sein?

„Geehrte Carlotta von Hohenhain", begann er, und seine Stimme zitterte vor Anspannung. „Erweist mir die Ehre und werdet meine Frau." Und dann, als zweifele er an meiner Reaktion, fügte er hinzu, „Bitte."

Langsam erwachte ich aus meiner Erstarrung. Doch ich wollte nicht wieder enttäuscht werden, deshalb fragte ich vorsichtig, „Und was ist mit deinen Eltern?"

„Nach dem Ball habe ich ihnen alles erklärt. All das, was ich direkt vor allen Leuten hätte erklären müssen. Sie haben mir geglaubt."

„Aha", antwortete ich vage, „Und das hast du mit meinem Vater besprochen, ja? Gerade eben? Er hat es erlaubt? Warum hast du mich dafür fortgeschickt?"

Johann sah zu Boden. "Nachdem sogar mein Vater mir in aller Öffentlichkeit verboten hat, dich zu heiraten, wollte ich das Risiko bei deinem Vater nicht auch noch eingehen – zumindest nicht, solange du mit im Zimmer warst. Du hast für den Rest deines Lebens wahrlich genug Demütigung erlitten. Und ja, er hat es erlaubt. Hättest du dich andernfalls etwa abhalten lassen?"

Lächelnd schüttelte ich den Kopf. „Nein. Ich will dich heiraten, Johann. Nichts will ich lieber als das." Ich reichte ihm meine Hand und er nahm sie so vorsichtig, als hätte er Angst, sie könne jeden Moment unter seiner Berührung zerbrechen.

Statt einer Antwort küsste er sie, und dann beugte er sich vor, um mich zu küssen, und lachend warf ich die Arme um seinen Hals und kam ihm entgegen. Und weil er nur auf einem Bein kniete, verlor er das Gleichgewicht, und ich mit ihm, und dann kullerten wir lachend und küssend über den Boden. Mein schönes Kleid wurde staubig und schmutzig, seine edlen Gewänder würden später nach Pferd und Stroh und

Schlamm riechen, doch das war uns egal, denn wir waren glücklich.

Als uns wenige Minuten später Elisabeth so vorfand und sah, wie wir uns gerade gegenseitig den Schmutz von den Kleidern und das Stroh aus den Haaren zupften, schlug sie die Hände über dem Kopf zusammen, und als Johann ihr voller Glück zurief, „Ich werde sie heiraten! Sie wird mich heiraten!", kam sie mit Tränen in den Augen auf uns zugelaufen und umarmte uns beide.

„Ach, meine liebe Carlotta, mein liebes Kind! Ich freue mich so für Euch! Das habt Ihr verdient, wirklich, und Eure liebe Mutter, Gott hab sie selig, sie wäre so stolz auf Euch gewesen!"

„Komm." Johann fasste mich an der Hand und zog mich sanft mit sich. „Lass uns zu deinem Vater gehen und ihm die Neuigkeit verkünden. Und dann der ganzen Welt."

Epilog

Vielleicht sollte ich doch an Sternschnuppen glauben, denn mein Wunsch war in Erfüllung gegangen.

Hier saß ich nun, am Tage meiner Hochzeit, beim Festbankett am Königshof, überhaupt nicht hungrig und ohnehin viel zu aufgeregt und glücklich, um etwas zu essen. Johann flüsterte mir Dinge ins Ohr, die mich zum Lachen brachten, und es wäre völlig egal gewesen, was er mir gesagt hätte, denn ich hätte in jedem Fall gelacht, so glücklich war ich. Ich wollte seine Hand überhaupt nicht mehr loslassen und tat es erst, als wir die Becher zum Trinkspruch heben mussten.

„Auf meine schöne Tochter und ihren königlichen Gemahl!", rief mein Vater. „Mögen sie das Land gut regieren, viele gesunde Kinder bekommen und bis an ihr Lebensende glücklich sein!"

Laute Zustimmung folgte seinen Worten, und wir tranken. Über den Rand meines Bechers sah ich, wie Loretta mit saurer Miene ebenfalls vom Wein kostete. Neben ihr saßen Maria und Sophia, deren Bauch sich langsam unter ihrem schönen Samtkleid wölbte. Maria würde ebenfalls bald heiraten, einen reichen Junker aus Johanns Gefolge, der unter allen Bewerbern in Lorettas und meines Vaters Augen der vielversprechendste gewesen war. Sogar Sophia würde nicht im Kloster enden müssen, denn auch um ihre Hand hatte jemand angehalten, der zwar nur auf ihr Erbe aus war, aber das war Loretta egal gewesen, sie wollte beide ihrer Töchter verheiratet sehen.

Hinter mir stand Elisabeth, eine warme, beruhigende Präsenz, für die ich auch jetzt sehr dankbar war. Sie hatte meinen Bitten nachgegeben und war mir an den Hof gefolgt, und zum Glück störte es sie nicht, dass sie von nun an keine Wirtschafterin mehr, sondern nur meine Zofe sein würde.

Nach dem Mahl, während die Spielleute ihre Instrumente auspackten und stimmten, zog Johann mich beiseite hinter den Vorhang, hinter dem sonst die Tische und Bänke und andere Dinge gelagert wurden.

„Aber!", rief ich mit gespieltem Entsetzen. „Was sollen die Leute denken?"

„Dass der Boden hier viel zu hart ist, um sich miteinander zu vergnügen", antwortete er trocken und lachte, als ich errötete. „Sei beruhigt, das hier dauert nur ein paar Minuten. Ich wollte dir etwas schenken." Und er reichte mir einen schmalen Gegenstand, der so lang war wie ich und in ein seidenes Tuch eingewickelt war. „Pack es aus", bat er, und seine schönen Augen blitzten erwartungsvoll im Dämmerlicht hinter dem Vorhang.

Ich hatte bereits erfühlt, was ich da in der Hand hielt. Mir wurde ganz warm ums Herz und ich lächelte, und ganz langsam schälte ich das seidene Tuch von dem geschwungenen Eschenstab. Er war mit hellem Hirschleder umwickelt und kunstvoll bestickt, und als ich den Bogen dann in seiner ganzen Schönheit betrachten konnte, war ich vor Bewunderung ganz sprachlos.

„Ich habe ihn aus einem fernen Land kommen lassen", sagte Johann stolz. „Vater wird es nicht gerne sehen, wenn du ihn benutzt, aber lass dich davon nicht beirren. Du sollst ihn benutzen, und ich will dir dabei zuschauen."

„Du solltest statt zuzuschauen lieber selber schießen." Ich lächelte versonnen und fuhr mit dem Finger genüsslich über das weiche Leder. „Dann kannst du es vielleicht irgendwann mit mir aufnehmen."

Und weil ihm dazu keine schlagfertige Antwort einfiel, zog er mich an sich und küsste mich ungestüm, und auf einmal war der Bogen nicht mehr so wichtig. Bis Elisabeth dann auf einmal den Vorhang aufzog und uns leise schimpfend zu den Gästen zurückbeorderte, die, nachdem sie uns eng umschlungen und küssend entdeckt hatten, nicht mit zweideutigen Bemerkungen sparten. Johann und ich nahmen sie erhaben lächelnd hin, bevor wir uns setzten, um den Spielleuten zu lauschen.

Später in der Nacht lag ich in seinen Armen, glücklich und zufrieden, und gemeinsam schauten wir durch das offene Fenster in den sommerlichen Sternenhimmel.

„Wusstest du, dass man sich etwas wünschen darf, wenn ein Stern vom Himmel fällt?", fragte ich ihn.

Johann lachte leise und knabberte an meinem Ohrläppchen. „Aber natürlich, das weiß doch jedes Kind."

„Ich wusste es nicht." Müdigkeit schlich sich an mich heran wie eine träge, warme Brise. „Aber es

stimmt", murmelte ich und schmiegte mich noch enger an ihn. „Die Wünsche werden wahr."

Ende